사상의 꽃들 4

반경환 명시감상 8

국립중앙도서관 출판예정도서목록(CIP)

사상의 꽃들. 4, 반경환 명시감상 8 / 지은이: 반경환. --
대전 : 지혜, 2018
    p. ;   cm

ISBN 979-11-5728-265-4 04810 : ₩10000
ISBN 979-11-5728-263-0 (세트) 04810

시 평론[詩評論]
한국 현대 문학[韓國現代文學]

811.709-KDC6
895.715-DDC23   CIP2018002805

사상의 꽃들 4

반경환 명시감상 8

지혜

저자서문

시인은 꽃을 가져오는 사람이고, 철학자는 사상(정
수精髓)을 가져오는 사람이다. 쇼펜하우어는 시와 철학
의 상관관계를 매우 정확하게 알고 있었던 세계적인
사상가였다.

시인의 세계는 상상력의 세계이며, 그가 펼쳐 보이
는 세계는 아름답고, 신비로우며, 환상적이다. 여기가
아닌 다른 곳, 그 다른 세계로 우리 인간들을 인도하
며, 그의 시세계는 활짝 핀 꽃과도 같은 아름다움을 가
져다가 준다.

어떤 시인은 살아 있어도 이미 죽은 것이지만, 어떤
시인은 이미 죽었어도 영원히 살아 있는 것이다.

사상은 시의 씨앗이고, 시는 사상의 꽃이다.

이 사상과 시가 있기 때문에 우리 인간들의 삶은 아
름답고 행복한 것이다.

『사상의 꽃들』1, 2권에 이어서, 이『사상의 꽃들』3,
4권을 탄생시켜준 김수영, 김소월, 윤동주, 김종삼, 천

양희, 정호승, 신대철, 박남철, 기형도, 이순희, 조재형, 최승호, 오현정, 이대흠, 이재무, 박정원, 안도현, 반칠환, 나태주, 남상진, 이성복, 황지우, 정용기, 금기웅, 김환식, 김지명, 유계자, 김용택, 송찬호, 손택수, 손경선, 곽성숙, 유홍준, 박수화, 함민복, 최승자, 길상호, 김군길, 현상연, 강서연, 이서빈, 장석주, 최금녀 등, 100명의 시인들과 그 동안 『반경환 명시감상』을 너무나도 뜨거운 마음으로 사랑해준 독자 여러분들에게 진심으로 감사를 드린다.

좀 더 정확하게 말한다면, 독자 여러분들은 이 책의 저자였고, 나는 독자 여러분들의 시심詩心을 받아 적은 필자에 불과했다.

나는 이 '사상의 꽃들'을 쓰면서, 너무나도 행복했고, 또, 행복했었다.

2018년 정월, '애지愛知의 숲'을 거닐면서……

차례

2부

4부

이성복 황지우

박남철 신대철

오현정 천양희

정호승 최승호

기형도 박만진

고영섭 조재형

이순희

이성복
이동移動

초식민족 사내들의 이동, 아이들은
공터에서 놀게 내버려 두고, 여자들은
양장점과 미장원과 부엌에 가둬 놓고
外蒙古 군사들은 우리를 번호로 불러냈다
53번, 닭의 내장 속으로 54번, 텍스
속으로, 55번, 槍 끝으로 당장 떠나라
이 땅은 어제 재벌급 인사가 매점했다
네가 오른발 내린 곳은 영화 배우의 땅
네가 오줌 갈긴 곳은 권투 선수의 情婦의 동생의 땅
밤새 귀뚜라미가 울던 곳은 예술원 회원의 땅
네 그림자는 두고 가라, 자유로운 잡초들에게
잡념도 던져 주어라, 거수 경례하라
정욕의 재를 날리며 꼬리표를 달고 출근하는
바람에게, 풀 먹인 날개를 자랑하며
植民地의 首都를 사열하는 새들에게

잘 가꾸어진 가로수는 말발굽 울리며 앞서

간다, 초식민족 사내들의 移動

주간지 겉장의 딸아이들은 키스를 던지며

환송하지만, 약속된 불빛이 안 보인다

— 이성복 시집,『뒹구는 돌은 언제 잠 깨는가』에서

우리 한국인들은 한국인인 까닭으로 가장 불행한 인간이 되었는데, 그 첫 번째 이유로는 자기 스스로 설 수 없는 주체성의 상실이며, 그 두 번째 이유로는 작은 나라는 큰 나라를 섬겨야 한다는 사대주의事大主義라고 할 수가 있다. 주체성의 상실은 자기 스스로 사상과 이념을 창출해내지 못하는 학문적 불임의 사태로 이어지고, 사대주의는 그토록 온갖 금은보화를 다 가져다가 바치고 충성을 맹세하면서도 그 부끄러움을 모른다는 사실일 것이다. 고려시대에는 불교가, 조선시대에는 유교가, 오늘날은 기독교가 지배적인 종교가 된 시대적 배경에는 우리 한국인들이 그 얼마나 학문적인 불임의 동물인가를 증명해주고 있는데, 이 극단적인 예로, 학문 중의 학문인 철학을 가르치지 않고, '주입식 암기교육−표절−대사기꾼의 탄생'이라는 '저주의 덫'에서 좀처럼 빠져나갈 생각을 하지 않고 있다는 점일 것이다. 종교는 최고급의 지혜의 산물이며, 언제, 어느 때나 그것을 창출해낸 민족들에게 백절불굴의 용기와 그 삶의 축복을 가져다가 주는 것이다. 우리 한국인들이 불교에서 유교로, 유교에서 기독교로 종교적 유랑민이 된 것은 외부의 적들에게 무릎을 꿇은 결과이며, 그 어떠한 독창적인 사유를 할 수가 없었다는 것을 증명해준다. 중국이, 일본이, 미국이, '우리는 천사이고, 너희들은 악마이다'라고 하면 그 말을 그대로 따라하는 것이 '사대주의의 극치'이며, 우리 한국인들에게는 복종하는 능력만이 있고, 명령하는 능력이 없다는 것을 뜻한다. 세계적인 대사상가와 세계적인 대작가들의 책을 읽지 않아도 된다는 것, 아니, 세계적인 대사상가와 세계적인 대작가들의 책을 읽으면 출세를 할 수가 없다는 것, 바로 이것이 '주입식 암기교육─표절─대사기꾼의 탄생'이라는 '저주의 덫'인데도, 나 이외에는 어느 누구도 이 '저주의 덫의 폐해'를 전혀 인식조차도 하지 못하고 있는 것이다. 다시 말해서, 세계적인 대사상가와 세계적인 대작가들의 책을 읽지 않아도 된다는 것은 우리 한국인들 스스로가 우리 한국인들의 교육을 통해서, 그 모든 천재의 싹과 사유의 싹을 제거한다는 것과도 똑같은 짓에 지나지 않는다. 첫째도 복종이고, 둘째도 복종이며, 셋째도 복종이다. 미국을 위해 살고 미국을 위해 죽으며, 우리 한국인들과 대한민국 자체가 소멸된다고 하더라도 미국은 영원한 제국이라는 것이 우리 사대주의자들의 근본 신념이기도 한 것이다. 너무나도 분명하고 너무나도 자발적으로 오직 미국의 노예가 되기 위하여 모든 책들을 불태우고, 모든 천재들을 암장시키는 이 주입식 암기교육은 미국인의 입장에서 보면 신이 내린 축복이 되고, 한국인의 입장에서 보면 가장 치명적인 노예민족의 족쇄가 된다. 오오, 우리 한국인들이여, 과연 당신들이 주입식 암기교육을 독서중심의 글쓰기 교육으로 바꾸고, 날이면 날마다 백만 두뇌를 양성하고, 가까운 시일내에 세계적인 대사상가와 세계적인 대작가들을 배출해낼 수가 있겠느냐?

사대주의는 망국적인 사상이며, 인간의 죽음을 뜻한다. 사대주의자는 식민주의자들의 추종자가 되며, 그 식민주의자들에 대한 충성의 대가로 그야말로 무차별적인 동족상잔과 수많은 정쟁들을 다 연출해내게 된다. 사대주의자는 조국도 없고, 민족도 없다. 그들은 동족들을 동족으로 보지 않으며, 그들의 지상최대의 목표는 눈앞의 이익이며, 그 실천의 방법은 부정부패이다. 부정부패는 대한민국의 건국이념이며, 이 건국이념이 있는 한, 그 모든 짓이 다 허용되어 있다. 일제식민시대, 미군정 치하, 군부독재, 재벌독재, 남북분단, 이승만, 박정희, 전두환, 노태우, 김영삼, 김대중, 노무현, 이명박, 박근혜, 최순실, 유병언, 조희팔 등, 이 모든 인면수심人面獸心의 대악당들이 그 모든 추태를 다 연출해내도 전혀 눈 하나 꿈쩍도 하지를 않는다. 사대주의자들은 부끄러움도 모르고 치욕도 모른다. 사대주의자들은 판단력의 어릿광대처럼 정치학도 모르고 철학도 모른다. 도덕도 모르고 종교도 모른다. 고급문화인의 좋은 점은 하나도 못 배우고, 나쁜 점은 하나도 빼놓지 않고 다 배운다. 사대주의는 자기 스스로 생각하고, 자기 스스로 일어설 수 없는 노예민족의 사상이며, 이 사상이 있는 한, 그 나라와 민족은 가장 확실하게 못쓰게 된다. 우리 한국인들은 싱가폴이 왜 선진국인지, 일본이 왜 선진국인지도 모른다. 미국이 왜 선진국인지, 독일이 왜 선진국인지도 모른다.

우리 한국인들은 한국인인 까닭으로, 자기 스스로, 자발적으로 백만 두뇌를 거세하고, 노예민족인 된 것이다.

　아름답고 풍요로운 땅에는 초식민족(농경민)이 살았
고, 더없이 황량하고 메마른 땅에는 육식민족(유목민)
이 살았다. 초식민족은 자연의 풍부함을 믿으며 자급
자족하는 삶을 살았고, 육식민족은 최악의 생존조건
속에서 끊임없이 침략하고 약탈하는 삶을 살았다. '농
경민 대 유목민의 싸움'은 애초부터 성립될 수가 없었
고, 따라서 유목민은 정복자가 되었고, 이에 반하여,
농경민은 이민족의 지배를 받는 노예민족이 될 수밖
에 없었다. '자원의 저주'라는 말이 바로 여기에서 생
겨난 것이다.

　이성복 시인의 「이동異動」은 '농경민 대 유목민', 즉,
'한국인 대 외몽고의 싸움'에서 패배를 한 대한민국의
식민지적 현실을 자본주의의 문제와 병치시켜서 대단
히 깊이가 있고 암유적으로 노래한 시라고 할 수가 있
다. 이때에, '외몽고'라는 명칭은 고려시대의 원나라만
이 아닌, 명나라와 청나라와 일본과 미국으로 해석하
는 것이 더 나을 것이고, 그리고 그것이 끊임없이 외세
에게 무릎을 꿇고 짓밟혀온 대한민국의 역사를 더욱더

중층적이고 깊이 있게 이해하는 길이 될 것이다. 전쟁은 선악의 문제가 아니며, 전쟁은 힘과 힘의 대결의 문제이다. 이 힘과 힘의 싸움에서 승리를 한 자만이 선과 악을 결정할 권리가 있고, 그 모든 것을 다 빼앗고 독점을 할 권리를 가진다. 어린 아이들과 여자들은 전리품이 되고, 그들의 아버지와 남편들은 머나먼 이역나라의 노예로 끌려가게 된다. "초식민족 사내들의 이동, 아이들은/ 공터에서 놀게 내버려 두고, 여자들은/ 양장점과 미장원과 부엌에 가둬 놓고"라는 시구와 "外蒙古 군사들은 우리를 번호로 불러냈다/ 53번, 닭의 내장 속으로 54번, 텍스/ 속으로, 55번, 槍 끝으로 당장 떠나라"라는 시구가 바로 그것이다.

조국도 빼앗겼고, 삶의 터전도 빼앗겼다. 처와 자식들도 빼앗겼고, 자기 자신의 이름마저도 빼앗겼다. 우리는 '마루타', 즉, '통나무'와도 같은 식물인간이 된 것이며, 우리는 "外蒙古 군사들"의 명령에 따라서 우리의 이름 대신에 번호표를 달고 "닭의 내장"과 "텍스 속"과 "창 끝"으로 당장 떠나지 않으면 안 되었던 것이다. 닭의 내장 속은 먹잇감을 뜻하고, 텍스 속은 제국의 그물 —섬유조직처럼—을 뜻하고, 창 끝은 최전선의 총알받이를 뜻한다. 승자의 명령은 정언명령이고, 이 정언명령은 그 어떠한 반항도 허용하지를 않는다. 우리 한국인들은 살아 있어도 살아 있는 것이 아니고, 우리 한국인들은 이미 죽은 목숨이나 다름이 없었던 것이다. 닭의 내장"과 "텍스 속"과 "창 끝"—, 제 아무리 패자는 말이 없는 법이라고 하지만, 참으로 기가 막히고 통탄할 일이 아닐 수가 없었던 것이다.

제국주의자, 즉, 승자에게는 좋은 일들이 겹치고, 피식민주의자, 즉, 패자에게는 나쁜 일들이 겹친다. 첩첩산중이고, 점입가경이고, 진퇴양난이다. 우리들이 그 모든 것을 다 빼앗기고, 닭의 내장 속으로, 텍스 속으로, 창 끝으로 떠나기도 전에, 우리들의 그 모든 땅들은 너무나도 자본주의적인 방식으로, 너무나도 정확하고 신속하게, 마치 승자들의 축제처럼, 그 소유권이 분할된 것이다. "이 땅은 어제 재벌급 인사가 매점"했고, "네가 오른발 내린 곳은 영화 배우의 땅"이 되었다. "네가 오줌 갈긴 곳은 권투 선수의 情婦의 동생의 땅"이 되었고, "밤새 귀뚜라미가 울던 곳은 예술원 회원의 땅"이 되었다. 외몽고의 시대에서 명나라와 청나라를 거쳐 대일본의 제국의 시대로, 아니, 대일본제국의 시대에서 미제국주의의 시대로 너무나도 재빠르고 신속하게 그 시대적 배경이 바뀐 것이고, 이제는 제국주의적인 지배방식에서 자본주의적인 지배방식으로 그 지배방식이 바뀌게 된 것이다. 제국주의가 그야말로 노골적으로 더욱더 폭력적인 것이라면, 자본주의는 더욱더 은밀하고 교활하게, 그 폭력성을 은폐하고 합법성을 가장하게 된 시대적이고도 이념적인 장치일 수밖에 없는 것이다. "우리들은 너희들에게 단 한 평의 땅도 강제로 빼앗지 않았다. 우리들은 너희들에게 너무나도 신사답고 정당하게 이 땅에 대한 돈을 지불하고 산 것이다"라는 것이 그 시구들 속에는 내포되어 있는 것이다.

거짓도 진실이 되고, 사악한 말도 선량한 말이 된다. 그토록 잔인하고 끔찍한 살육도 하나님의 은총이 되고, 그토록 무자비한 방화와 약탈과 강간도 정의의 사나이들의 자선사업이 된다. 승자는 언제, 어느 때나 옳은 말만을 하고, 승자는 언제, 어느 때나 옳은 일만을 한다. 영혼과 육체를 분리시켜 "네 그림자는 두고 가라"고 말하고, 그토록 인자하고 끊임없는 자비를 베풀어서 "자유로운 잡초들에게/ 잡념도 던져"주라고 말하고, 이제는 "정욕의 재를 날리며 꼬리표를 달고 출근하는// 바람에게, 풀 먹인 날개를 자랑하며/ 植民地의 首都를 사열하는 새들에게" "거수 경례"를 하고 떠나가라고 말한다. 얼씨구, 절씨구 지화자 좋구나! 아이들과 딸들과 아내들을 정복자들의 노예로 남겨두고 떠나가니, 홍해바다가 쩌억 갈라지 듯이 "잘 가꾸어진 가로수는 말발굽 울리며 앞서"가고, 그토록 자랑스럽고 훌륭한 초식민족의 사내들의 이동에는 "주간지의 겉장과도 같은 딸아이들"이 "키스를 던지며," "환송을" 하게 된다.

"약속된 불빛이 안 보인다."

아니, 이성복 시인은 너무나도 분명하게 잘 못 본 것이 있다. 약속된 불빛이 보인다. 이 약속된 불빛은 '망국의 불빛'이며, 지금, 이 순간에도 너무나도 아름답고 찬란하게 삼천리 금수강산을 환한 대낮처럼 밝히고 있는 것이다.

우리 한국인들이 사상과 이론의 최전선을 주도하고 이끌어 나갈 때, 대한민국은 교육왕국이 되고, 전 세계인들로부터 존경을 받을 수가 있다.

나는 대한민국 최초로 낙천주의 사상과 이론을 정립한 바가 있다.

황지우

西風 앞에서

　마른 가지로 자기 몸과 마음에 바람을 들이는 저 은사시나무는, 박해받는 순교자 같다. 그러나 다시 보면 저 은사시나무는, 박해받고 싶어하는 순교자 같다.

　— 황지우 시집, 『새들도 세상을 뜨는구나』에서

나는 우리 한국인들을 '사상가와 예술가의 민족', 즉, 고급문화인으로 인도하고자 했었고, 그 결과, 대한민국 최초로 낙천주의 사상과 이론을 창출해냈다.

　나는 최초의 진리창시자가 되었고, 이 진리창시자의 운명으로 너무나도 외롭고 고독한 순교자의 길을 걸어갈 수밖에 없었다.

　"마른 가지로 자기 몸과 마음에 바람을 들이는" "은사시나무는, 박해를 받는 순교자"와도 같고, "그러나 다시 보면" 그 "은사시나무는, 박해를 받고 싶어하는 순교자"와도 같다.

　박해를 받는 자는 순교자가 될 수가 있지만, 박해를 받지 못하는 자는 순교자가 될 수가 없다.

　나의 일용양식도 박해이고, 나의 건강도 박해이고, 나의 행복도 박해이다.

우리 한국인들은 아직도 두 개의 이름을 갖고 있다. 그 하나는 어리석음이고, 나머지 하나는 우매함이다. 이 어리석음과 우매함이 결합하여, 너무나도 세계적이고, 너무나도 인간적인 불량배들을 낳았다.

아마도, 언젠가, 수천 년 후에는 이 불량배들이 세계를 지배하고 영원한 제국을 건설하게 되는지도 모른다.

박남철
박수부대

　나는 초등학교 1학년 때 처음으로 박수치는 법을 배
웠습니다. 코흘리개 6년 동안 나는 열심히 박수를 쳤
습니다. 중학교 3년은 더욱더 열심히 쳤습니다. 담임
선생님은 나의 힘찬 박수 솜씨를 인정하시어 응원부
장을 시키려 하셨지만, 아 나는 서슬이 시퍼레져서 사
양했지요.

　—많은 사람들 앞에 나서기가 무서워서요.

　나는 고등학교 때도 선생님들의 총애를 한몸에 받았
답니다. 도대체 이 세상에서 박수받는 걸 마다할 양반
이 어디 한 분이라도 있답니까?

　그날 담임 선생님께서 입학원서를 써주시면서 말씀
하셨습니다.

　—대학에는 '福壽' 너보다 박수 잘 치는 사람들이 우
글우글하니 조심하거라.

　과연 대학에는 차원 높은 박수쟁이들이 많고도 많았

습니다. 페퍼포그에 밀리는 친구들을 구경하면서, '자알 한다, 선구자들이여!'라고 외쳐대는 쟁이들도 있었지요. 나는 그렇게 팔짱끼고 서 있는 쟁이들을 향해, 쟁이들을 향해 박수하는 차원 낮은 실수만을 연발했었습니다. 모든 일들이 아리숭하고 어리둥절하기만 했습니다. 열대성 기후의 태양이 어디 좀 뜨거운 편입니까? 땀에 젖은 나의 박수 소리는 점점 거칠어지기만 했습니다. 어느 누구 하나 내 박수 실력을 인정해 줘야지 말이지요. 나는 이래서는 안 되겠다 싶어, 어느 바람 세게 불던 날 술 한 잔 마시고 입대를 했습니다. 3년 동안 죽어라고 박수만 쳤었지요. 박수치는 훈련은 참 고되었습니다. 선착순 달리기에서 1등 했다고 한 바퀴 더 도는 나를 보고 김 병장님이 가만히 속삭여 주었습니다.

　—1등 하지 마라. 꼴찌도 하지 마라. 그저 묵묵하게 박수만 쳐대거라.

　아아, 그때 그의 그 충고는 독시毒矢처럼 내 심장을 꿰뚫었습니다.

　그 고마우신 김 병장님이 제대한 지 2년쯤 후에, 어언 나도 빈틈없는 박수꾼이 되어 사회로 나왔습니다. 받고 당하는, 상대를 서서히 썩어가게 해주는, 박수와

復讐는 그 소리가 제법 비슷하던가요? 나는 비둘기 날개치듯 자유롭게 박수를 칩니다. 태양은 여느 때처럼 이글거리고, 이글거리고, 나의 박수 소리는 4분의 3박자로 경쾌합니다.

歌手 박 아무개의 박수부대요? 흥, 나야 이제 걔들 빰치지요.

—박남철 시집, 『지상의 인간』에서

박수拍手란 무엇인가? 박수란 환영과 축하와 찬성의 표시 등으로 손뼉을 마주치는 것을 말하지만, 그러나 박남철 시인의 「박수부대」는 이 박수의 부정적인 측면에서, 박수의 의미를 역사 철학적으로 성찰하고, '한국적 박수의 사회학'을 완성한 시라고 할 수가 있다. 박수를 받아서는 안 되는 자가 박수를 강요하고, 한걸음 더 나아가, 박수를 받아야 할 미래의 영웅이 나타나지 못하도록 전면적으로 관리를 하고 통제를 하고 있는 것이다.

첫 번째는 세뇌교육이며, 이 세뇌교육은 초등학교 때부터 고등학교에 이르기까지, 모든 학생들의 이성을 마비시키는 기능을 담당하게 된다. 두 번째는 초, 중, 고등학교 때와는 또다른 자칭 애국자인 정치인들에게 세뇌당한 선동적인 박수이며, 이 선동적인 박수는 "자알 한다, 선구자들이여!'라고 외쳐대는 쟁이들", 즉, 또

다른 권력욕망의 화신인 우리 정치인들을 미화하고 성화시키는 역할을 담당하게 된다. 첫 번째의 박수는 군부독재를 찬양하는 박수가 되고, 두 번째의 박수는 '군부독재타도'를 외치는 자칭 애국자들을 찬양하는 박수가 된다. 하지만, 그러나 그 어느 누구도 애국자는 물론, 민주화의 인사가 될 수 없는 상황에서의 군부독재자와 민주화의 인사는 그 가면만을 바꾸어 쓴 무서운 짝패일 뿐, 박남철 시인의 '박수'를 받을 만한 자격이 없었다고 하지 않을 수가 없다. 세 번째는 첫 번째와 두 번째의 '박수부대원'으로서의 자기모멸감과 그 환멸감 때문에, "어느 바람 세게 불던 날 술 한 잔 마시고 입대를" 한 것이지만, 그러나 그 군대생활마저도 상명하복식의 절대명령, 즉, 무조건적인 박수부대원에 지나지 않았던 것이다. "1등 하지 마라, 꼴찌도 하지 마라, 그저 묵묵하게 박수만 쳐대거라"―. 바로 이것이 박수부대의 제일의 명제이자 금과옥조이었던 것이다. 따라서 박남철 시인에게는 "김 병장님"의 "충고"가 "독시毒矢"가 되었던 것이고, 대한민국 제일급의 시인으로서의 그 명민함과 통찰력으로 '한국적 박수의 사회학'을 완성하고, 대한민국의 독재자들과 정치인들과 군인들을 모조리 살해하고 희화화시키게 되었던 것이다.

박수란 환영과 축하와 찬성의 표시로서 고귀하고 위대한 인물들에게 보내는 자발적인 행위가 되어야 하는 것이지만, 그러나 한국적 상황에서는 고귀하고 위대한 인물이기는커녕, 이렇다 할 업적도 없는 민족의 반역자들이 그토록 유치하고 저질적인 세뇌교육과 함께, 그 선동적인 언어를 통해서, 자기가 자기 스스로를 끊임없이 미화하고 성화시키는 권력의 도구로써 악용을 해왔던 것이다. 박수는 강요가 되고, 강요된 박수는 모든 반대파들을 제거한다. 모든 미래의 영웅들의 새싹은 그 흔적도 없이 사라지게 되고, 수많은 꼭두각시들이 나타나서 무조건적인 찬양과 존경의 표시로서 박수를 쳐대게 된다. 시적 화자의 이름인 '복수福壽'는 '박수'가 되었고, '박수'는 '꼭두각시'가 되었다. 따라서, "1등하지 마라. 꼴찌도 하지 마라. 그저 묵묵하게 박수만 쳐대거라"라는 '꼭두각시 문화'의 '독화살'을 맞는 순간, 최악의 생존의 위기에 몰린 '복수福壽'는 '박수'를 '복수復讐'로 변형시켜서 그 무서운 살해를 감행하게 된다. "그 고마우신 김 병장님이 제대한 지 2년쯤 후에, 어언 나도 빈틈없는 박수꾼이 되어 사회로 나왔습니다. 받

고 당하는, 상대를 서서히 썩어가게 해주는, 박수와 復
讐는 그 소리가 제법 비슷하던가요? 나는 비둘기 날개
치듯 자유롭게 박수를 칩니다. 태양은 여느 때처럼 이
글거리고, 이글거리고, 나의 박수 소리는 4분의 3박자
로 경쾌합니다/ 歌手 박 아무개의 박수부대요? 흥, 나
야 이제 걔들 뺨치지요"라는 시구가 바로 그것이고, 이
무서운 살해는 아주 눈깜짝할 사이에, 언어학적으로,
상징적으로 이루어지게 된 것이다.

　시인이란 언제, 어느 때나 사사건건 이의를 제기하
는 반항아이자 동시대의 가치관을 전복시키는 파렴치
한이라고 할 수가 있다. 그의 언어는 천하제일의 검객
의 칼날과도 같으며, 그는 그의 언어로서 아버지를 살
해하고, 그 천형의 형벌로써 자기 자신의 장렬한 최후
를 장식하게 된다. 전통과 역사의 살해자인 시인, 동시
대의 미덕과 윤리의 살해자인 시인, 아버지와 동시대
의 문화적 영웅들과 자기 자신의 살해자인 시인―. 이
시인에게 가장 아름답고 소중한 한 것은 이 무서운 살
해의 증거물인 시일 수밖에 없는 것이다. 시는 수많은
살해의 증거물이자 새로운 생명의 탄생의 증거물이라
고 하지 않을 수가 없다. '나는 신성모독을 범한다, 고

로 존재한다'는 그의 존재론이 되고, '세계는 범죄의 표
상이다, 고로 행복하다'는 그의 행복론이 된다. 군부독
재자에 대한 찬양의 박수, 사이비 민주화 인사에 대한
찬양의 박수, 절대적이자 무조건적인 군대문화의 박수
등─, 요컨대 박남철 시인의 '박수부대원'으로서의 네
번째 '박수'는 이처럼 무서운 분노의 '복수復讐'가 된 것
이라고 할 수가 있는 것이다.

두뇌를 거세당한 박수부대원, 이성이 마비되었거나
이성이 실종된 박수부대원, 꼭두각시로서 꼭두각시의
운명을 끊임없이 미화하고 찬양하는 박수부대원, 꼭두
각시가 꼭두각시를 낳고, 꼭두각시의 오천 년의 역사
와 전통을 무한히 자랑하며, 그 자랑스러움의 표시로
서 이민족의 노예가 된 박수부대원─. 이것이 우리 한
국인들의 역사이자 그 모든 것이라고 할 수가 있다.

하지만, 그러나 흙수저가 아닌 금수저를 물고 태어
났다라면 얼마나 좋았을까? 영원한 제국의 시민으로
태어나 그 고귀하고 위대한 업적을 통해서 전인류의
존경과 찬양의 박수를 받는 시인이 되었다면 얼마나
좋았을까? 이제 축복받은 인생인 '복수福壽'는 없고,
'박수'만이 있다. 아니, 이제는 더러운 꼭두각시의 운

명인 박수마저도 없고, 무서운 '복수復讐'만이 있다. 박남철 시인은 이처럼 '한국적 박수의 사회학'을 통해서 '복수福壽'를 '박수'로 만든 군사문화를 살해하고, 이 무서운 '복수극復讐劇'을 통해서 '꼭두각시 문화'를 살해하며, 진정으로 인간이 인간을 찬양하고 성화시킬 수 있는 축복받은 인생, 즉, '복수문화福壽文化'를 꿈꾸고 있었다고 해도 지나친 말이 아니다.

박남철 시인의 풍자와 해학을 통한 기지, 반어, 역설, 언어유희의 세계는 그만큼 날카롭고 예리하지만, 다른 한편, 그만큼 무섭고 끔찍하다.

시인과 언어는 둘이 아닌 하나이다. 언어의 살해자는 그 누구보다도 자기 자신을 먼저 살해한다.

"받고 당하는, 상대를 서서히 썩어가게 해주는, 박수와 復讐는 그 소리가 제법 비슷하던가요? 나는 비둘기 날개치듯 자유롭게 박수를 칩니다. 태양은 여느 때처럼 이글거리고, 이글거리고, 나의 박수 소리는 4분의 3박자로 경쾌합니다.

歌手 박 아무개의 박수부대요? 흥, 나야 이제 걔들 빰치지요."

무서운 복수자는 이처럼 서서히 미쳐가면서, 어느 누구보다도 먼저 자기 자신을 살해한다.

　　오오, 한때는 나의 절친이었던 남철아! 부디 저승에서 술 좀 덜 마시고, 친구들도 그만 좀 괴롭히고, 늘 행복하게 살거라!!

신대철
어느 속리산

피뢰침이 꽂힌 미륵불상 앞에 등이 엎드려 있었습니다. 미륵불상의 손그림자가 등을 어루만지고 있었습니다. 등을 바친 개인들은 홀가분하게 일어나 오리숲 쪽으로 문장대 쪽으로 꺾어 들고 있었습니다.

피뢰침이 꽂힌 미륵불상을 본 일이 있습니까?
피뢰침을 보며 웃고 가다 넘어진 일도 있습니까?
아, 미륵불상이 손을 내밀며 인자스럽게 웃었습니까?
그대 웃음이 그친 뒤에도 너무 오래오래 웃진 않았습니까?

그의 손은 내가 부축받기에는 참말이지 너무 높았습니다. 그의 손과 내 손과의 거리, 도저히 좁힐 수 없는 공간을 대웅전과 일년생풀과 등을 바치러 온 개인들이 빈틈없이 메꾸고 있었습니다. 피뢰침 위에 명새가 아슬아슬하게 앉아 속리산 전경을 굽어보고 있었습니다. 개인을 구하는 미륵불상, 미륵불상을 구하는 피뢰침, 피뢰침을 구하는 명새, 명새는 울음 소리를 그치지 않았습니다.

— 신대철 시집, 『무인도를 위하여』에서

유태민족의 사제인 랍비는 유태인들의 아버지이자 스승이고, 그 모든 분쟁을 해결하는 심판자라고 할 수가 있다. 유태민족의 랍비가 되는 길은 밤하늘에서 별을 따는 것만큼이나 어렵고, 따라서 랍비는 최고급의 지혜를 지닌 성자라고 해도 지나친 말이 아니다. 랍비는 사적 개인이 아닌 유태인 전체를 대표하는 인물이며, 그들은 언제, 어느 때나 사리사욕을 채우는 법이 없다. 유태인 한 명의 잘못은 유태인 전체의 잘못이고, 유태인 한 명이 아프면 유태인 전체가 아프다고 한다. 이 극단적인 예로, 어느 한 개인이 자기 자신의 죄를 뉘우치고 사죄를 할 때에도 "하나님 아버지, 저의 죄를 용서해주세요"라고 하지 않고, "하나님 아버지, 우리 모두의 죄를 용서해주세요"라고 하지 않으면 안 된다고 한다. 또한, 유태인과 유태인들은 그들 사이의 크고 작은 다툼이 있을지라도, 그 다툼을 법적으로 해결하기 이전에 랍비의 말을 듣고, 그 랍비의 판결에 전적으로 승복을 하지 않으면 안 된다고 한다. 유태인과 유태인 사이의 법적 소송은 유태인 전체의 명예를 훼손하는 것이기 때문이고, 따라서 유태민족에게 있어서 랍비는 절대적인 권위와 무한한 존경을 받고 있는 성자라고 할 수가 있다.

유태인들은 '나'가 없고, '우리'만 있다. '우리'만 있고 '나'가 없기 때문에, 이 세계에서 가장 고귀하고 훌륭한 민족이 되었고, 바로 그렇기 때문에, 모든 인류의 스승인 세계적인 사상가들을 배출해낼 수가 있었던 것이다. 이 세상의 참된 본질은 국가에게 있고, 이 국가로부터 버림을 받은 민족은 국제사회로부터 개와 돼지 취급도 받을 수가 없게 되어 있다. 우리 한국인들은 '나'만 있고, '우리'가 없다. '나'만 있고 '우리'가 없기 때문에, 그 '나'마저도 지켜줄 수 있는 국가가 없는 것이다.

모든 종교는 그 나라의 국력國力과 민심民心을 결집시키는 힘으로 작용하지 않으면 안 되고, 모든 사제는 인간 중의 인간, 즉, 성자가 되지 않으면 안 된다. 하지만, 그러나 대한민국은 사제다운 사제도 없고, 모든 국민들로부터 존경을 받고 있는 성자도 없다. 국가와 사회가 무엇인지 알고 있는 사제도 없고, 도덕과 법률이 무엇인지 알고 있는 사제도 없다. 우리 대한민국의 사제들이 이처럼 철두철미하게 '사상적인 불임의 동물'이 된 것은 첫 번째로 그들의 지적 수준이 너무나도 천박하고 형편이 없기 때문이고, 그리고 두 번째로는 전체 인류의 구원보다는 '부정부패'라는 특급요리를 너무나도 좋아하고 있기 때문이다. 대한민국의 사제들은 아버지와 스승과 최고급의 재판관이기는커녕, 모두가 한결같이 성추행과 부정축재만을 좋아하는 악마들에 지나지 않는다.

탐욕은 만악의 근원이다. 모든 종교는 이 탐욕으로부터 우리 인간들을 구원하여, 모두가 다같이 사랑하고 행복하게 살 수 있는 이상낙원(천국과 극락)으로 인도하는 것을 그 목표로 하고 있다. 과연 대한민국에는 세계적인 사제가 있고, 과연 대한민국에는 세계적인 민족종교가 있는가? 과연 대한민국은 세계에서 가장 행복지수가 높고, 과연 우리 한국인들은 세계에서 가장 행복한 삶을 살고 있는가? 참으로 너무나도 기가 막혀서 말이 나오지를 않는다. 대한민국은 불교의 나라이며 기독교의 나라이기도 하지만, 이 지구상에서 가장 더럽고 추악한 나라이며, 산다는 것 자체가 너무나도 부끄럽고 치욕적이 나라에 지나지 않는다. 오오, 이 땅의 수많은 사이비 사제들이여! 당신들은 도대체 예수와 부처에게서 무엇을 배웠으며, 오늘날의 미국과 일본과 독일과 프랑스와 영국 등으로부터 도대체 무엇을 배웠단 말인가? 오오, 이 땅의 수많은 사이비 사제들이여! 당신들이 과연 서양철학사와 동양철학사를 제대로 이해할 수가 있고, 오늘날의 고급문화인의 자격과 그 미덕을 알고나 있단 말인가? 대한민국의 스님과 목사들은 쓰레기 중의 쓰레기에 지나지 않으며, 내가 전지전능한 신이라면, 이 미친 개새끼들을 모조리 핵탄두 미사일로 쏴 죽여버릴 것이다.

오오, 이 땅의 수많은 사이비 사제들이여! 과연 당신들이 사제 중의 사제, 혹은 성자 중의 성자인 유태민족의 랍비를 알고나 있단 말인가?

그의 손은 내가 부축받기에는 참말이지 너무 높았습니다. 그의 손과 내 손과의 거리, 도저히 좁힐 수 없는 공간을 대웅전과 일년생풀과 등을 바치러 온 개인들이 빈틈없이 메꾸고 있었습니다. 피뢰침 위에 명새가 아슬아슬하게 앉아 속리산 전경을 굽어보고 있었습니다. 개인을 구하는 미륵불상, 미륵불상을 구하는 피뢰침, 피뢰침을 구하는 명새, 명새는 울음 소리를 그치지 않았습니다.

사제와 사제들이 만나면 소송전쟁이 있고, 절이나 교회가 들어서면 국립공원이 파괴된다. 신대철 시인의 「어느 속리산」은 대한민국의 사제들에 대한 너무나도 통렬한 야유이자 비판이라고 하지 않을 수가 없다. 오늘날 우리 사제들은 탐욕으로 밥을 먹고 탐욕으로 숨을 쉬며, 탐욕으로 큰스님이 되지, 영원한 대한제국의 건설 따위는 안중에도 없다. 「어느 속리산」의 거대한 불상은 탐욕의 화신이며, 이 더럽고 추한 탐욕 때문에 기껏해야 피뢰침에 의존하지 않으면 안 되고, 요컨대 '명새'가 아닌 '잡새'가 똥이나 찍 갈겨대는 미륵불상에 지나지 않는다.

큰스님의 성추행과 부정축재도 무죄이고, 대형교회 목사의 성추행과 부정축재도 무죄이다. 대한민국의 대통령보다도 더 엄청난 특권을 행사하는 이 개새끼들을 대청소하지 않는 한, 대한민국의 미래는 없다.

이것이 신대철 시인의 「어느 속리산」을 읽으면서 내가 우리 사제들에게 던져주고 싶었던 말이다.

오현정

낮달맞이꽃

해 뜨자마자 오세요

당신 오시라고

햇살 걸음 늦히고 노란 꽃등 켜놓았어요

어서 오세요 서방님

나는 날마다 허리가 하늘거리는 새색시

골짜기엔 계곡 물소리

흠뻑, 산 이슬에 젖을 거예요

길을 잊으셨나요?

해지기 전에 오세요

저녁까지 기다리다 조막손이 되겠어요

📖

　"그대가 부른다면 수천의 승리를 버리고라도 가야
지"라고 했던 어느 영웅호걸의 말도 있고, "여자의 진
심은 당신에게 바쳐진 거예요. 우리 집 바보는 내 몸
을 새치기했어요"라는 어느 요부妖婦와도 같은 공주의
말도 있다. 사랑은 삶의 본능이자 인륜지대사人倫之大
事이고, 이 사랑보다 더 중요한 것은 없다. 사랑은 둘
이서 하나가 되는 행위이며, 최초의 아버지이자 최초
의 어머니가 되는 행위라고 할 수가 있다. 사랑은 천
지창조의 힘이며, 이 사랑의 힘이 있기 때문에, 수많
은 후손들이 태어나고, 인류의 역사는 더욱더 젊고 푸
르러진다.

　사랑의 힘에 비하면 수천의 승리도 새발의 피와도 같
고, 사랑의 힘에 비하면 불륜의 두려움쯤은 아무 것도
아니다. 사랑은 대범하고 간이 크고, 그 어떤 기적보다
도 더 큰 기적을 연출해낸다. 어둠을 밤이라고 명명하

는 것도 사랑이고, 밝음을 대낮이라고 명명하는 것도 사랑이다. 온갖 짐승과 온갖 나무와 온갖 풀들의 이름을 명명하는 것도 사랑이고, 남녀가 결혼을 하고 아이를 낳게 하는 것도 사랑이다. 사랑은 수치심을 모르고, 사랑은 선과 악을 모른다.

하지만, 그러나 진정한 사랑은 이루어지지도 않고, 「낮달맞이꽃」의 시적 화자는 어느 열녀烈女처럼 "길을 잊으셨나요?/ 해지기 전에 오세요/ 저녁까지 기다리다 조막손이 되겠어요"라고, 그만 망부석처럼 울부짖게 된다. "햇살 걸음 눕히고 노란 꽃등" 켜놓은 새색시, "어서 오세요 서방님" 하고 날이면 날마다 "하늘거리는 새색시", 산골짜기 계곡 물소리에도 흠뻑 사타구니가 젖은 새색시, 재색미모에다가 간드러진 교태와 우아한 말솜씨까지 지닌 새색시―. 오현정 시인의 「낮달맞이꽃」은 더없이 요염하고 애틋하다. "해 뜨자마자 오세요// 당신 오시라고/ 햇살 걸음 눕히고 노란 꽃등"을 켜놓은 요부같은 새색시, 그러나 끝끝내 사랑하는 서방님을 기다리다가 지쳐서 조막손을 지닌 망부석이다 되어가는 새색시―. 아아, 얼마나 그립고 기다림에 지쳤으면 사지멀쩡한 손가락이 다 닳아 없어질 것 같다는 말인가!

요부, 팜므파탈femme fatale, 치명적인 여인, 하지만, 그러나 어느 정숙한 열녀가 요부가 아닐 수가 있겠으며, 어느 요부가 정숙한 열녀가 아닐 수가 있겠는가? 사랑은 천변만화하는 요술쟁이이며, 그 어느 얼굴도 그의 진짜 얼굴이 아니다. 사랑은 인종차별도, 종교차별도 없고, 사랑은 도덕도, 국경도 모른다. 사랑은 천지창조행위이며, 사랑은 선악을 떠나 있다. 사랑은 환영이고, 마약이며, 그 어떤 마약보다도 더 중독성이 강하다.

사랑은 천지를 창조하고, 시인은 사랑을 창조한다.

오현정 시인의 「낮달맞이꽃」의 사랑은 '조막손의 사랑'이며, 한국문학사의 최고급의 연애시라고 할 수가 있다.

천양희

복권 한 장

마들역 왼편에

복권만 파는 명당 복권집이 있다

1등 당첨이 열세 번이라고

자랑처럼 나붙은 깃발 아래

사람들이 긴 줄을 잇고 있다

끈질긴 끈 같다

그걸 물끄러미 바라보다

자본주의 사회에 환멸을 느끼고

숲속에 들어가 산 스콧 니어링을 생각한다

그가 복권에 당첨되었을 때

그냥 얻어진 횡재니 양심에 찔린다며

복권을 휴지처럼 찢어버렸다고 한다

그 대목에 가서 나는 나도 모르게 한숨을 내쉬었다

복권 한 장 찢었을 뿐인데

내가 왜 이렇게 찢어지는 것일까

만일 그 복권이 내 것이었다면
나는 아마도 이 무슨 굴러온 복이냐며
좋아라 길길이 뛰었을 것이다
숲속에 들어가 산 니어링과
수락산 밑에 사는 내가 분명 다른 것은
그는 복권을 버렸지만 나는
자존심을 버렸다는 것이다

― 천양희 시집, 『새벽에 생각하다』에서

우리들은 '돈의 시대'에 살고 있으며, 이 돈의 움직임에 따라서 끊임없이 자전과 공전을 거듭한다. 돈은 주인이 되고, 우리들은 노예가 된다. "나는 선악을 초월했다. 나의 은총을 얻고 싶은 자는 그 모든 짓을 다해도 된다"라고 돈이 말하면, "네, 그렇습니다. 부자들은 모두가 다같이 대사기꾼들 뿐이지요"라고 우리들은 대답을 하게 된다. 우리들은 이 돈을 중심으로 날이면 날마다 공전을 하면서 모든 지혜와 권모술수를 다 동원하게 된다. 상호출자가 손짓을 하면 순환출자가 대답을 하고, 일감몰아주기가 꼬리를 치면 조세포탈이 응답을 한다. 문어발 확장이 손짓을 하면 대규모 입찰부정이 대답을 하고, 금괴의 밀수가 꼬리를 치면 강도와 약탈이 응답을 한다. 분식회계가 손짓을 하면 주가조작이 대답을 하고, 공금횡령이 꼬리를 치면 주색잡기가 응답을 한다. 무서워하는 자와 무서운 자도 원수형제와도 같고, 사기를 치는 자와 사기를 치지 않은 자도 원수형제와도 같다. 돈의 시대에는 인생 전체가 대규모 사기단에 의해 설계되고, 우리는 모두가 다같이 이 대규모 사기단의 일원이 되어 자전과 공전을 거듭거듭 되풀이 하게 된다. 다시 말해서, 모든 개인들의 경제활동은 자전이 되고, 이 자전축, 이 경제활동들은 '돈'이라는 중심을 돌고 있는 공전이 된다.

　서양의 제국주의자들은 기독교를 앞세워 천사의 탈을 쓰고, 다른 한편, 총과 칼을 앞세워 악마의 탈을 쓴다. 하나님 앞에서는 만인이 평등하고, 하나님을 믿으면 영원한 천국에 갈 수가 있다. 이 진리를 신봉하는 원주민 중에서 그들의 앞잡이를 선택하고, 이 진리에 반대하는 원주민들을 그야말로 무자비하게 학대를 하고 몰살을 시켜버리게 된다. 기독교인들, 즉, 제국주의자들은 그들의 앞잡이들에게 모든 권력을 다 밀어주고, 그 앞잡이를 통해서 천연자원과 상품판매시장을 확보하고, 다른 한편, 수많은 노동력을 착취해나간다. 기독교는 서구 제국주의자들의 사상적 무기가 되었던 것이고, 총과 칼은 서구 제국주의자들의 군사적 무기가 되었던 것이다. 이제 돈이 있고 인간이 있는 것이지, 인간이 있고 돈이 있는 것이 아니다. 돈만이 전지전능하고, 돈만이 황금왕관을 쓸 수가 있고, 돈만이 영생불사의 삶을 향유할 수가 있다.

나는 천양희 시인의 「복권 한 장」을 읽으면서 '돈의 시대'를 잠시 생각해보았다. 돈이란 물물교환의 불편함을 해소하기 위해 마련된 기표에 불과하지만, 그러나 이 기표라는 종이조각이 모든 재화의 가치를 뛰어넘어서, 전지전능한 신의 위치로 대변신을 이룩하게 되었던 것이다. 돈도 숨을 쉬고, 돈도 붉디 붉은 피를 흘린다. 돈도 일을 할 줄 알고, 돈도 운동을 할 줄 안다. 돈도 총과 칼을 쓸 줄을 알고, 돈도 그 장풍掌風으로 전 세계를 단 한 순간에 초토화시킬 수가 있다. 돈의 은총을 받은 자는 부자가 되고, 돈의 은총을 받지 못한 자는 가난한 자가 된다. 천양희 시인은 돈의 은총을 받지 못한 가난한 시인으로서, "마들역 왼편에/ 복권만 파는 명당 복권집"을 바라보며, "1등 당첨이 열세 번이라고/ 자랑처럼 나붙은 깃발 아래/ 사람들이 긴 줄을 잇고" 있는 모습을, 또한 바라본다. 만일, 그렇다면 복권이란 무엇이란 말인가? 복권이라는 일확천금의 사행심에 기댄 문화사업이며, 그 당첨확률이 천만분의 일의 확률도 되지를 않는다. 이 천만분의 일의 확률도 안 되는 사행심에 기댄다는 것은 그만큼 부자가 되고 싶고, 그 부자들의 특권으로 만인들 위에 군림을 해보고 싶다는 것이 된다. "끈질긴 끈 같다"라는 시구는 복권구입자들의 '욕망의 총화'이며, 이 복권구입자들의 욕망이 결코 사라지지 않을 것이라는 점을 시사해주고 있다고 해도 과언이 아니다. 불을 쫓아서, 그 환영을 쫓아서 사는 불나비들과 복권을 쫓아서, 그 환영을 쫓아서 사는 복권구입자들은 단 하나도 틀리지 않으며, 이 중독자들의 미래는 너무나도 허망하고 비참하게 끝나게 되어 있는 것이다.

돈(복권)을 위해서 살고, 돈을 위해서 죽는다. 이 끈질긴, 이 무서운 돈의 노예들의 행렬을 물끄러미 바라보면서, 천양희 시인은 "자본주의 사회에 환멸을 느끼고/ 숲속에 들어가 산 스콧 니어링을 생각"해 본다. 왜냐하면 스콧 니어링은 "그가 복권에 당첨되었을 때/ 그냥 얻어진 횡재니 양심에 찔린다며/ 복권을 휴지처럼 찢어버렸"기 때문이다. 스콧 니어링은 자기 스스로 일을 하며 자급자족하는 생활을 원했지, 돈의 노예가 되어서 모든 것을 경제학의 잣대로 재는 삶을 원하지는 않았다. 스콧 니어링은 자유인이 되어서 돈의 시대를 거절하고 싶었던 것이지, 그 무슨 사행심이나 횡재에 기대는 복권중독자가 되고 싶었던 것은 아니었다.

　하지만, 그러나 천양희 시인은 「복권 한 장」에서 두 번의 놀라움을 표시하게 된다. 첫 번째는 명당복권집 앞의 복권구입자들의 행렬 때문이고, 두 번째는 스콧 니어링이 그의 당첨복권을 찢어버렸다는 사실 때문이다. 첫 번째의 놀라움은 복권이라는 사행심에 기댄 자들의 그 숫자에 대한 놀라움 때문인데, 왜냐하면 그는 천만분의 일의 사행심에 기댈만큼 어리석지 않았기 때문이다. 두 번째의 놀라움은 복권구입자로서의 돈의 은총을 받고도 그것을 거절할 줄 아는 스콧 니어링의 행동 때문인데, 왜냐하면 그는 "그 대목에 가서 나는 나도 모르게 한숨을 내쉬었다/ 복권 한 장 찢었을 뿐인데/ 내가 왜 이렇게 찢어지는 것일까"라는 시구에서처럼, 그토록 간절하게 돈의 시대에, 돈의 은총을 기대하는 가난한 자의 처지였기 때문이다. 돈만 있으면 구걸할 필요도 없고, 돈만 있으면 남의 눈치를 살피거나 비굴하게 아첨을 할 필요도 없다. 돈만 있으면 좋은 음식과 좋은 옷도 입을 수가 있고, 돈만 있으면 천사의 탈을 쓰고 수십 억씩, 수백 억씩 기부를 할 수도 있다. 돈만 있으면 장학재단과 문화재단을 설립할 수도 있고, 돈만 있으면 거대한 집단을 이끄는 재벌총수도 될 수가 있다. 이처럼 좋은 돈, 이처럼 무소불위의 거룩한 돈을 거절하다니, 그는 정작 복권은 구입하지도 않으면서, 복권구입자들과도 똑같은 복권중독자가 되어서, 자기 자신의 생살이 찢어지는 것과도 같은 아픔을 느꼈던 것이다. 시인은 가난하고, 따라서 그는 그 당첨복권을 전지전능한 '돈의 은총'으로 간주하고 있었기 때문이다.

하지만, 그러나 천양희 시인의 「복권 한 장」의 진정한 시의 힘은 당첨복권의 행운에 있는 것도 아니고, 또한, 그 당첨복권을 찢어버렸다는 데 있는 것도 아니다. 주인과 노예의 대립관계에 있는 것도 아니고, 숲속에서 살고 있는 자유인과 도시에서 살고 있는 시인과의 대립관계에 있는 것도 아니다. 「복권 한 장」의 진정한 시적인 힘은 "숲속에 들어가 산 니어링과/ 수락산 밑에 사는 내가 분명 다른 것은/ 그는 복권을 버렸지만 나는/ 자존심을 버렸다는 것"에 있다고 하지 않을 수가 없다. 숲속에 들어가 산 스콧 니어링은 양심을 쫓아간 자유인이 되었고, 수락산 밑에 사는 시인은 양심을 버린 수인囚人이 되었다. 스콧 니어링은 경제학의 잣대로는 도저히 설명할 수 없는 가난 속의 부유한 생활을 했고, 이에 반하여, 시인은 사사건건 돈을 좇아가면서도 돈을 벌 수 없는 가난한 자의 생활을 할 수밖에 없었던 것이다. 시인은 언어의 사제이자 동시대의 양심이며, 천연의 거울과도 같은 존재이다. 이 시인이 복권을 사지 않으면서도 복권당첨을 기대하고, 양심을 팔지 않았으면서도 양심(자존심)을 버렸다고 선언하는 것은 이 세상의 가난 앞에서는 그 어느 누구도 자유로울 수가 없다는 것을 말해준다.

빈곤 앞에서는 만인이 불안하고, 빈곤 앞에서는 만인이 처절하다. 빈곤은 만인의 양심과 자존심까지도 다 빨아먹고, 빈곤은 만인의 인권과 생명까지도 일회용 소모품처럼 다 폐기처분해버린다. 빈곤 앞에서는 철학적 의사도 없고, 시인도 없다. 빈곤 앞에서는 도덕적 의사도 없고, 심리적 의사도 없다. 빈곤을 그토록 싫어하면서도 어쩔 수 없이 빈곤을 제왕으로 모실 때, 우리는 어쩔 수 없이 절망의 늪에 빠져버린다. 천양희 시인의 「복권 한 장」은 '돈의 시대'의 그 반대방향에서, '빈곤이라는 제왕'을 모시는 자의 비극이자 그 절규라고 하지 않을 수가 없다.

　나는 가난한 시인이고, 만일, 나는, 내가 사지 않은 복권에 당첨이 되었더라면 하늘을 뛰어오를 듯이 춤추고 기뻐했을 것이다. 과연, 어느 누가, 이 양심과 자존심을 팔아버린 나에게 돌을 던질 수가 있단 말인가? 처절하다. 끔찍하다. 너무나도 끔찍하다 못해 활화산과도 같은 '돈의 위력'이라고 하지 않을 수가 없다. 그렇다. 돈의 특권, 돈의 사치, 돈의 명예, 돈의 지위에는 늘, 항상, 붉디 붉은 피비린내가 배어 있다. 모든 부자는 사생결단식의 피비린내를 좋아하는 전쟁광이며, 언제, 어느 때나 타인의 목을 비틀고 숨통을 끊어버리는 것을 더욱더 좋아한다.

정호승
그리운 자작나무

자작 자작
너의 이름을 부르면
자작 자작 살얼음판 위를 걷듯 걸어온
내 눈물의 발소리가 들린다

자작 자작
너의 이름을 부르면
자박자박 하얀 눈길을 걸어와
한없이 내 가슴 속으로 걸어들어온
너의 외로움의 발소리도 들린다

자작나무
인간의 가장 높은 품위와
겸손한 자세를 가르치는
내 올곧고 그리운 스승의 나무

자작 자작

오늘도 너의 이름을 부르며

내가 살아온 눈물의 신비 앞에

고요히 옷깃을 여민다

— 정호승 시집, 『나는 희망을 거절한다』에서

부자로서 죽는 것도 부끄러운 일이고, 사상과 이론을 정립하지 못하고 죽는 것도 부끄러운 일이다. 그의 부가 세습되면 그 사회는 '부익부/ 빈익빈 현상'이 가중되고, 총과 칼을 든 생계형 범죄자들이 날뛰게 될 것이다. 사상과 이론은 모든 학문의 목표이자 최고급의 지혜의 열매라고 할 수가 있다. 사상과 이론을 정립하지 못했다는 것은 그가 한평생 타인의 사상과 이론만을 파먹고 살아갔다는 증거일 수밖에 없다. "인간의 가장 높은 품위", 즉, 인간 중의 인간은 사상가이며, 이 사상가는 성자와도 같은 인간을 말한다. 방법적 회의를 통해서 인간의 자기발견을 이룩해냈던 데카르트, 유일신에 반대하고 만유신론을 역설했던 스피노자, 예정조화설의 창시자인 라이프니츠, 비판철학을 정립했던 칸트, 공산주의 사상을 정립했던 마르크스, 유교사상을 정립했던 공자, 무위사상을 정립했던 노자 등─. 이 최초의 진리의 창시자들의 크기는 위대함의 크기이며, 그 업적은 불가능을 가능케 했던 기적이라고 할 수가 있다.

이 사상가들은 왼손이 하는 일을 오른손이 모르게 하듯이, 자기 자신의 선행으로 군림하지 않은 인간이며, 타인과 타인들, 즉, 만인들 앞에서 자기 자신을 더없이 낮추는 겸손함의 예법을 갖춘 인간들이라고 할 수가 있다. 자작나무는 "내 올곧고 그리운 스승의 나무"이며, 그 모든 재산을, 그 모든 지식을 다 주고 떠난 사상가이다. 자작나무의 하얀 껍질을 벗겨서 불을 붙이면 '자작 자작' 소리를 내면서 타기 때문에 '자작나무'라는 이름이 붙여졌다고 한다. 나무껍질은 흰빛을 띠며 옆으로 얇게 종이처럼 벗겨지고, 나무껍질이 아름다워 정원수와 가로수와 풍치림으로 많이 심는다고 한다. 나무껍질은 화피樺皮라 하여 약재로 사용되고, 자작나무 수액은 그냥 마시거나 술을 담가 먹기도 한다. 목재의 질은 견고하고 질겨서 건축재, 조각, 목기, 펄프원료 등으로 쓰이고, 해인사의 팔만대장경의 목판도 그 일부는 이 자작나무로 만들어졌다고 한다(『익생양술대전』).

자작나무는 전형적인 한대림의 나무이며, 그 하얀 껍질은 순결, 혹은 성스러움의 상징이 된다. 살을 에이는 듯한 추위 속에서도 "자작 자작 살얼음판 위를 걷듯" 살아온 나무, 최악의 생존 조건 속에서도 "인간의 가장 높은 품위"에 올라가 더없이 "겸손한 자세를 가르치는/ 내 올곧고 그리운 스승의 나무," 고통으로 밥 먹고, 고통으로 숨을 쉬며, 그 고통 속에서도 아름답고 풍요로운 이 세상을 찬양하고, 그 결과, 자기 자신의 그 모든 것을 다 주고 떠나간 자작나무─. 자작나무는 정호승 시인의 스승이고, 정호승 시인은 자작나무의 제자가 된다.

'자작자작'은 자작나무껍질이 타는 소리이기도 하고, '자작자작'은 언제, 어느 때나 "살얼음판 위를 걷듯" 살아온 시인의 '눈물의 발자국' 소리이기도 하다. 언제, 어느 때나 고통은 처절하고, 언제, 어느 때나 이 세상의 삶은 아름답고 풍요롭다. 최초의 진리의 창시자, 즉, 모든 사상가들은 이 최악의 생존조건 속에다가 행복의 씨앗을 뿌린 사람들이며, 불가능을 가능케 한 기적의 연출자들이라고 하지 않을 수가 없다.

이 세상에서 가장 행복한 자는 고통을 다스릴 줄 아는 자이고, 우리는 그를 사상가라고 부른다.

자작자작─, 자작나무는 고귀하고 위대하다. 이 자

작나무 앞에 서면 정호승 시인은 눈물이 나고, 이 눈물은 고귀하고 위대한 스승 앞에 바치는 천금千金과도 같은 존경의 표시가 된다.

자작자작—,

오오, 참다운 스승과 참다운 제자의 징표인 자작나무여!!

최승호
무서운 굴비

나는 왜 굴비를 두려운 존재라고 말해야 하나
석쇠 위에 구워 먹거나 찌개 끓여도
얌전히 있는
저 무력하기 짝이 없는 굴비를

굴비는
소금에 절여 통째로 말린 조기라 한다
혹은 乾石漁

굴비, 나의 敵, 나의 反逆, 나의 비굴
비굴한 삶은 통째로
굴비를 닮아간다
그물을 뒤집어 쓰고 퍼덕이다가
결국 장님에 벙어리
귀머거리가 된 굴비를

나는 왜 두려운 존재라고 말해야 하나

― 최승호 시집,『고슴도치의 마을』에서

굴비는 민어과에 속하는 물고기이며, 민어과 가운데에서도 천하제일의 그 맛을 자랑한다. 굴비의 이름으로는 여러 가지가 있는데, 조기助氣와 건석어乾石漁와 굴비屈非가 그것이다. "칠산바다에 조기가 뛰니 제주바다에 복어가 뛴다"라는 말도 있고, "돈 실러가세/ 돈 실러가세/ 영광 법성으로 돈 실러가세"라는 노래도 있다. 굴비는 영광의 칠산바다에서 제일 많이 잡히고, 이 천하제일의 굴비가 영광의 경제를 좌우하고 있다고 해도 과언이 아니다. 조기는 사람의 기운을 북돋아준다는 이름이고, 건석어는 소금에 절여 돌 위에다 말린다는 뜻이며, 그리고 굴비는 고려 인종 때의 이자겸이 유배지인 영광에서 "내 비록 귀양살이의 신세이기는 하지만, 결국 굴하지 않겠다"라는 뜻으로 붙인 이름이라고도 한다.

명예와 생명은 하나이고, 목에 칼이 들어와도 할 말

을 하는 사람은 용기가 있는 사람이다. 아주 멋지게 죽고, 아주 장렬하게 죽은 사람은 진정한 문화적 영웅이며, 인류의 역사는 이러한 문화적 영웅들에 의하여 더욱더 아름답고 풍요로와 진다. 이에 반하여, 명예와 생명을 분리하고 언제, 어느 때나 자기 자신만은 살아남겠다는 사람은 용기가 없는 사람이다. 용기가 없는 사람은 비굴한 사람이고, 그는 자기 자신의 생명을 위해서라면 그의 동료들은 물론, 자기 자신의 부모형제들마저도 언제, 어느 때나 밀고할 수 있는 사람이라고 할수가 있다. 친구들이 독립운동을 할 때 일본군 장교가된 박정희, 일제가 패망을 하자 재빨리 남로당에 가입하여 여순반란사건의 주동자가 되었던 박정희, 5·16군사쿠테타로 4·19 혁명의 새싹들을 너무나도 잔인하고 끔찍하게 짓밟아버렸던 박정희, 삼선개헌과 유신독재의 폭정 끝에, 그의 오른팔이었던 김재규의 총탄을맞고 죽어갔던 박정희—. 박정희는 비굴한 인간의 화신이며, 따라서 인간이 비굴해지기로 마음을 먹는다면그 어떠한 짓도 다할 수가 있다는 것을 가장 분명하고가장 압도적으로 보여준 예라고 할 수가 있다.

최승호 시인의 「무서운 굴비」는 '조기'도 아니고, '건석어'도 아니며, 그리고 '굴비'도 아니라고 할 수가 있다. 최승호 시인이 가장 두렵고 가장 무서워하는 것은 '비굴'이며, 이 '비굴의 화신'이 되어가고 있는 자기 자신이라고 할 수가 있다. 나는 용감한 것일까, 나는 용감하지 않은 것일까, 나는 비굴한 것일까라는 세 가지의 화두話頭를 통해서—자기 자신의 존재의 정당성과의 싸움을 통해서—그는 이처럼 아름답고 뛰어난 「무서운 굴비」를 쓰게 된 것이다. 이 시적 동기는 '굴비'인데, 왜냐하면 굴비는 "석쇠 위에 구워 먹거나 찌개 끓여도/ 얌전히 있는/ 저 무력하기 짝이 없는 굴비"이기 때문이고, 다른 한편, "그물을 뒤집어 쓰고 퍼덕이다가/ 결국 장님에 벙어리/ 귀머거리가 된 굴비"에 지나지 않기 때문이다. 자기 자신의 삶의 터전인 바다에서 그물을 뒤집어 쓰고 최후의 발악을 펼쳐보였던 굴비, 하지만, 그러나 그 최후의 발악에도 불구하고 장님과 벙어리와 귀머거리가 될 수밖에 없었던 굴비, 하지만, 그러나 이 삼중고三重苦의 고통에도 불구하고, 자기 자신의 내장과 몸통과 사상과 이념마저도 다 빼앗기고 죽어가야만 했던 굴비—. 이 굴비는 일제 식민잔재의 청산은 커녕 남북분단과 미군주둔, 또, 그리고, 미국의 식민치하에서 살아가는 제일급 시인으로서의 미래의 초상과도 같다고 하지 않을 수가 없다. 나는 용감한 것일까, 나는 용감하지 않은 것일까, 나는 비굴한 것일까라는 이 세 가지 화두 중에서 '나는 비굴한 것일까'라는 생각에 기울어져 있었던 것이고, 드디어, 마침내 천하제일의 굴비의 모습을 보면서, '나는 비굴한 인간에 지나지 않는다'라고 그 결론을 내리게 되었던 것이다. "굴비, 나의 敵, 나의 反逆, 나의 비굴/ 비굴한 삶은 통째로/ 굴비를 닮아간다"라는 시구가 바로 그것이다.

나는 그 어떤 말도 하지 못하고, 나는 그 어떤 정의로운 행동도 하지 못한다. 나는 명예를 위해서 살고 명예를 위해서 죽지도 않는다. 나는 박정희와 전두환의 군사독재정권에는 너무나도 분명하게 반대를 하지만, 그러나 그렇다고 해서 단 하나뿐인 목숨을 걸고 반대를 하지는 못한다. 이 무서운 침묵은 오히려, 거꾸로 군사독재정권의 찬양의 말이 되고, 따라서 나는 비굴을 위해서 살고, 비굴을 위해서 죽어가는 것과도 마찬가지이다. 최승호 시인의 「무서운 굴비」는 시인의 쓰디 쓴 양심의 소리이며, 이 양심의 소리는 우리 한국인들 전체를 일깨우는 독의 효과를 띠게 된다. "굴비, 나의 敵,

나의 反逆, 나의 비굴/ 비굴한 삶은 통째로/ 굴비를 닮아간다." 이 독의 효과는 독을 독으로서 다스리는 예방의학의 효과이기도 하고, 다른 한편, 우리 인간들의 마비된 의식을 일깨우는 각성제 효과이기도 하다. 이 이중의 독의 효과는 양심의 소리이며, 이 양심의 소리는 오히려, 거꾸로 그 어떠한 두려운 기색도 없이 천길의 벼랑 끝을 뛰어내리는 폭포의 소리가 된다. 폭포의 소리는 김수영 시인의 절규처럼 곧은 소리이고, 이 곧은 소리는 박정희와 전두환과도 같은 악마의 화신들의 멱살을 움켜쥐고 그 목을 비틀어버린다.

명예와 생명은 하나이다. 이 세상에서 가장 고귀하고 위대한 것은 명예를 위해서 살고 명예를 위해서 죽는 것이다. 아아, 오점없는 명예는 얼마나 고귀하고 위대한 삶이며, 또한 얼마나 고귀하고 위대한 죽음이란 말인가? 하지만, 그러나 "나는 이 세상에서 가장 아름답고 가장 멋진 죽음을 죽을 거요"라고 말하기는 쉽다. 명예의 길은 너무나도 멀고 험하고, 불명예(비굴)의 길은 너무나도 가깝고 쉽다. 따라서 최승호 시인은 자기 자신의 뜻과는 정반대로, '비굴의 멍에'를 뒤집어 쓰고, "굴비, 나의 敵, 나의 反逆, 나의 비굴/ 비굴한 삶은 통째로/ 굴비를 닮아간다"라고, 이처럼 자기가 자기 자신을 고발하게 된 것이다. 최승호 시인의 「무서운 굴비」는 자기고발적인 양심의 소리이며, 이 양심의 소리로서 천하제일의 명시가 된 것이다.

'인간이 만물의 척도이다'라고 프로타고라스는 말한 바가 있었다. 인간이 중심이 되고, 인간의 위치, 입장, 환경에 따라서 모든 사물의 이름과 그 가치관이 달라지게 된다. 어떤 물고기의 이름은 가치중립적이지만, 그러나 우리 인간들의 입장에 따라서 '조기', '건석어', '굴비', '비굴'이 된다. 조기는 인간의 기운을 북돋아준다는 이름이고, 건석어는 가치중립적인 이름──돌 위에다가 말린다는 뜻──이고, 굴비는 '비굴하지 않겠다'는 기개의 이름이 된다. 하지만, 그러나 이제 '굴비'는 '굴비'가 아니고 '비굴'이 되었다. 더없이 겁이 많고 떳떳하지 못한 비굴이 되었고, 눈동자만 마주쳐도 그 모든 것을 다 밀고하는 민족의 반역자가 되었다.

이제는 비굴의 시대가 되었고, 언제, 어느 때나 비굴이 용기의 멱살을 움켜쥐고, 용기의 목을 비틀어버린다. 용기가 비굴 앞에서 무릎을 꿇고, 용기가 스스로 자발적으로 자기 자신의 조상의 무덤을 파헤쳐서 부관

참시를 자행하게 된다. 예수의 또다른 이름은 비굴이고, 한국인의 또다른 이름은 용기이다. 도처에서 예수(비굴)가 '십자가'라는 살인기계를 들고, 용기라는 우리 한국인들을 윽박지르고, 그 모든 돈과 명예와 권력을 다 강탈해간다.

아아, 이민족의 오랑캐인 비굴(예수)에게 무릎을 꿇은 우리 한국인들처럼 더 불쌍하고 가련한 민족이 이 세상에 또 어디에 있단 말인가? 우리 한국인들이 예수의 명령, 또는 미국의 명령에 복종하는 한, 천년, 만년을 살아도 이 '비굴의 사슬'에서 헤어날 길이 없다. 비굴은 그대의 집에도 살고, 비굴은 그대의 심장 속에도 산다. 비굴은 그대의 양심 속에도 살고, 비굴은 그대의 두뇌 속에도 산다. 아내의 양심 속에도 살고, 상사의 명령 속에도 산다. 대통령의 위선 속에도 살고, 미녀의 성기 속에도 산다. 우리 한국인들의 붉디 붉은 피는 비굴의 피이며, 이제는 그 어떠한 용기의 피도 소용이 없게 되었다. 문화선진국은 정의가 살아 있고, 대한민국은 불의가 살아 있다. 문화선진국은 용기가 있고, 대한민국은 비굴이 있다. 한국산 비굴은 세계적인 명품이며, 비겁하고, 또 비겁할수록 더욱더 그 명품의 이름값을 하게 된다.

"비굴한 삶은 통째로/ 굴비를 닮아간다."

전 국민이여, 단결하라! 아주, 아주 비굴하면 더욱더 잘 살 수 있다.

전 국민이여, 단결하라! 예수-비굴의 이름으로 삼천리 금수강산을 초토화시키고, 우리 비굴민족이 농경민이 아닌 자랑스러운 유목민이라는 사실을, 단군이 아닌 예수-비굴이 우리들의 자랑스러운 민족시조라는 것을 더욱더 만천하에 선언해 놓지 않으면 안 된다.

기형도
대학 시절

나무의자 밑에는 버려진 책들이 가득하였다.
은백양의 숲은 깊고 아름다웠지만
그곳에는 나뭇잎조차 무기로 사용되었다.
그 아름다운 숲에 이르면 청년들은 각오한 듯
눈을 감고 지나갔다, 돌층계 위에서
나는 플라톤을 읽었다, 그때마다 총성이 울렸다.
목련 철이 오면 친구들은 감옥과 군대로 흩어졌고
시를 쓰던 후배는 자신이 기관원이라고 털어놓았다.
존경하는 교수가 있었으나 그분은 원체 말이 없었
다.
몇 번의 겨울이 지나자 나는 외톨이가 되었다.
그리고 졸업이었다, 대학을 떠나기가 두려웠다

— 기형도 시집, 『입속의 검은 입』에서

학문이란 무엇이고, 대학이란 무엇인가? 학문이란 지혜를 뜻하며, 공부를 한다는 것은 이 지혜를 배운다는 것을 뜻한다. '아는 것이 힘이다'라는 말이 있듯이, '지혜'는 이 세상의 '기축통화'와도 같다. 지혜를 가진 자가 황금왕관을 쓰고, 지혜를 가진 자가 전 인류의 스승이 되고, 지혜를 가진 자가 최고의 부자가 된다. 이 세계는 지혜를 가진 자가 지배하는 세계이며, 우리는 모두가 다같이 전 인류의 스승인 플라톤에게 무한한 존경과 경의를 표하지 않으면 안 된다. 대학이란 최고급의 지혜를 지닌 교수와 학생들이 모여서 지혜를 가르치고 그것을 배우는 고등교육기관이며, 어느 국가의 흥망성쇠는 이 대학의 학문연구의 성과에 달려 있다고 해도 과언이 아니다.

최초의 사물에 대한 이해를 뜻하는 개념, 어떤 사건과 현상들을 설명해주는 이론, 그리고 이 개념들과 이론들을 종합하여, 그것이 공산주의이든, 자본주의이든, 낙천주의이든지간에, 우리 인간들의 지상낙원을 지시해주는 사상─. 모든 학문의 목표는 이러한 개념들과 이론들과 수많은 사상들을 창출해내는 것이고, 따라서 모든 대학들은 이 최초의 진리를 창출해내기 위하여 '최고급의 인식의 제전'을 벌여왔다고 하지 않을 수가 없다. 이미 잘 알려져 있고 그 이름이 있는 것은 아무런 소용도 없고, 오직, 새로운 것, 즉, 자기 자신의 독창적인 사상만이 그 가치가 있는 것이다.

기형도 시인의 시세계는 떠남이 돌아옴이 되고, 돌아옴이 다시 떠남이 된다. 완벽한 허위와 완벽한 범죄가 활개를 치던 군부독재시절, 즉, 1980년대에는 대학사회라고해서 이 닫힌 구조에서 예외일 수가 없었던 것이다. 검은 것이 흰 것이 되고, 악이 선이 되고, 허위가 진리가 된다. 어떻게 "나무의자 밑에는 버려진 책들이 가득"하고, "은백양의 숲은 깊고 아름다웠지만/ 그곳에는 나뭇잎조차 무기로 사용"된 대학사회가 대학사회일 수가 있었겠으며, 또한 어떻게 "목련 철이 오면 친구들은 감옥과 군대로 흩어졌고/ 시를 쓰던 후배는 자신이 기관원이라고 털어"놓던 대학사회가 대학

사회일 수가 있었겠는가? 왜, 나무의자 밑에는 버려진 책들이 가득하였고, 왜, 학문과 진리탐구의 상징인 대학교에서 그처럼 총성이 울렸던 것일까? 왜, 전 인류의 스승인 플라톤을 공부하는 시인은 외톨이가 되었고, 왜, 그 학생들을 올바르게 지도해야 할 스승은 말이 없었던 것일까?

나는 기형도 시인의 「대학 시절」을 읽으면서 가슴이 무너졌고, 그의 유고시집인 『입 속의 검은 잎』의 시세계에 대한 글을 쓰면서 눈물을 흘렸고, 너무나도 처절하고 비극적인 그의 죽음 앞에서 할 말을 잃었다. 시의 영역에서는 뮤즈의 은총을 받았지만, 인간의 영역에서는 너무나도 완벽하게 버림을 받았던 것이다. 플라톤은 너와 내가 모두가 다같이 잘 살고, 모두가 다같이 행복하게 살기를 꿈꾸었던 이상주의자이며, 따라서 기형도 시인의 절망은 이상주의자로서의 절망이었다고 하지 않을 수가 없다.

고전이란 시간과 공간을 초월하여 수많은 사람들의 마음을 울린 책을 말하며, 우리는 이 고전들을 수없이 되풀이 읽고 이 고전들의 힘으로 새로운 사상과 이론들을 창출해내지 않으면 안 된다. 기형도 시인은 고전들을 읽고 있었지만, 다른 친구들은 그 책들을 모두 버렸다. 기형도 시인이 플라톤적인 이상국가를 꿈꿀 때, 다른 친구들은 데모를 하거나 군대로 끌려갔고, 또 게다가 기형도 시인과 함께 플라톤을 읽거나 시를 써야 할 후배는 중앙정보부의 기관요원이 되었다. 이 완벽한 허위와 이 완벽한 범죄 속에서, 하지만, 그러나 명문대학교의 스승은 도통 말이 없었던 것이다. 안다는 것은 실천한다는 것이고, 실천한다는 것은 자기 자신의 목숨과 명예를 걸었다는 것이다. 「대학 시절」의 '존경하는 교수'는 판단력의 어릿광대이며, 그 '존경'이라는 명예를 더없이 추락시킨 체제순응자에 지나지 않았다.

기형도 시인의 「대학 시절」은 암흑의 시절이며, 절망의 시절이고, 이상주의자로서의 그의 비극적인 죽음이 예정되어 있었던 시절이었다.

아아, 외톨이, 외톨이―. 오죽 했으면 이 '외톨이'가 학문연구와는 전혀 무관하고, 오직 부정부패와 권모술수와 수많은 절망들만을 양산해내는 대학을 그 은신처로 삼고 싶어했던 것일까? 아아, 대학의 악은 그래도 사소하고, 적어도 그의 부모님에게 등을 기댈 수가 있었기 때문이었던 것일까?

학문연구와 진리탐구―.

　우리 한국인들은 영원한 미성년이자 불량청소년에 지나지 않는다.

　아아, "대학을 떠나기가 두려웠다." 이것이 기형도 시인의 최후의 단말마의 비명이자 그 솔직한 심정이었던 것이다.

　나 역시도 플라톤을 사랑했고, 플라톤에 대한 글을 적지 않게 썼다. 남보다 더 가난했고, 남보다 더 고통스러워했고, 남보다 더 열심히 공부를 해왔다는 것―, 이것은 나의 치욕(영광)이지, 그 누구의 치욕(영광)이 아니다.

박만진
바닷물고기 나라

오른쪽 눈은 가자미
왼쪽 눈은 넙치

그러나
바닷물고기 나라에서는

좌파라
우파라

울근불근
서로 싸우지 않는다

— 박만진 시집, 『바닷물고기 나라』에서

철학을 공부하지 않으면 눈 먼 장님이 된다. 국가의 미래를 보지 못하고 개인의 이익만을 생각한다.

　　소탐대실小貪大失. 이 '백전백패의 전략' 때문에 이제는 미국의 앞잡이가 되어 미국의 노예노릇을 한다.

　　대한민국 최고의 엘리트 집단이자 부자정당인 자유한국당의 국회의원들이 북한핵이 무서워 '전술핵 배치'를 요청하러 갔다가 미국의 주군님들에게 개망신을 당하고 왔다. 늘, 항상, 부정부패로 일관하면서, '자기 땅-자기 영토'는 미국이 그저 공짜로 지켜줄 것이라고 믿고 있는 이 장님들과 이 개새끼들의 목부터 비틀어 놓지 않으면 대한민국의 민족정기가 바로 설 수가 없다.

　　가지미의 눈은 오른쪽에 있고, 넙치의 눈은 왼쪽에 있다.

새는 좌우의 양날개로 날아다닌다.

이 오른쪽 팔만 있고, 왼쪽 팔이 없는 개새끼들아,

너희들이 과연 왜, 미군을 하루바삐 철수시켜야 하고, 하루바삐 남북통일을 이룩하고 영원한 제국을 건설해야 하는지를 알고나 있느냐?

전쟁선포권, 휴전협정권, 평화협정권, 핵무기와 원자력 주권마저도 다 빼앗기고도 천하태평인 이 노예놈들아!

오늘날은 '바닷물고기의 나라'가 아닌 문화선진국에서도 '좌파냐/ 우파냐'라고 결코 싸우지를 않는다.

고영섭
코스모스

허공에서 날아온 씨앗 하나가

싹 하나로 저 우주를 받치고 있네.

— 고영섭 시집, 『사랑의 지도』에서

코스모스는 신이 이 세상을 창조할 때 처음으로 만든 꽃이라고 한다. 이 세상을 더욱더 아름답게 하기 위하여 여러 다양한 색깔로 피어나게 하고, 가을바람에 한들거리는 모습은 수많은 사람들의 시선을 사로잡고 있다고 할 수가 있다. 코스모스cosmos의 어원은 질서와 조화의 체계로서의 우주를 뜻하고, 코스모스의 꽃말은 순정, 조화, 애정을 뜻한다.

코스모스 씨앗 하나는 아주 사소한 먼지와도 같지만, 이 씨앗 하나가 우주를 떠받친다. 왜냐하면 우주는 질서, 즉, 코스모스의 세계이며, 이 씨앗 하나가 없어지면 이 질서의 체계가 무너지기 때문이다. 씨앗은 새싹이며, 꽃이고, 그 모든 군더더기를 거절한다. 이때에, "허공에서 날아온 씨앗 하나"는 단지 코스모스만이 아닌 그 모든 존재의 씨앗을 말하는데, 왜냐하면 모든 존재들은 그 어느 것 하나도 생략할 수 없는 톱니바

퀴처럼 맞물려 있기 때문이다.

코스모스의 세계, 즉, 우주적 차원에서 바라보면 돈과 명예와 권력은 모두가 다 군더더기에 지나지 않는다. 빌 게이츠와 이재용이 모든 재산을 다 사회에 환원할 때, 아인시타인과 퀴리부인이 모든 명예를 다 버릴 때, 트럼프와 문재인이 오직 순수하게 인류의 평화를 위해서 봉사를 할 때, 그들은 모든 천하를 다 소유하게 된다.

"허공에서 날아온 씨앗 하나가/ 싹 하나로 저 우주를" 받친다.

우주는 질서이고, 질서는 조화이다.

조화는 욕망의 비움이고, 욕망의 비움은 존재의 새싹이다.

존재의 새싹은 이 '비움의 미학'으로 순정의 꽃을 피운다.

부패한 지도자는 외세 앞에서 그 어떤 힘도 쓸 수가 없다. 국정원대선개입, 최순실, 정윤회 국정농단은 박근혜의 치명적인 약점이 되고, 그 약점이 사드배치와 위안부 협상으로 이어져 오늘날 사면초가의 위기로 이

어진 것이다.

　부패하라, 그러면 반드시 몰락한다.

　부패한 지도자들은 제국주의자들의 먹잇감일 뿐이다.

조재형

상보

한 노인이

십 년 동안 기르던 고독에게 물렸다

고독을 낡은 소유물이라고들 하나

언제든지 주인을 공격할 수 있다는 선례를 남겼다

노인은 한 개의 **뼈**다귀로 발견되었다

가슴에 박힌 못을 근거로

고독에도 이**빨**이 있다는 게 증명되었다

스산한 바람 몇 점이 수거되었으나

사채는 쉬 발견되지 않았다

굳게 닫힌 골목을

냄새가 활보하고 있다는 후문이다

― 『애지』, 2017년 겨울호에서

대부분의 노인들에게 있어서 하루는 길고 인생은 짧다. 할 일이 없으니까 하루는 너무 길게 느껴지고, 더럽고 추한 삶일지라도 이승에 대한 미련이 있으니까, 인생은 짧게 느껴진다. 만일, 자녀들을 다 키우고 밥벌이가 끝나면 이 세상을 떠나가는 것이 아름답고 행복한 삶이라면, 더 이상의 삶의 목표와 그 이유가 없는 삶은 오직 더럽고 추한 삶에 지나지 않는다. 아름답고 행복한 삶과 아름답고 행복한 죽음을 위해서라도 전 세계의 모든 지식인들과 UN은 하루바삐 '존엄사 헌장'을 제정하지 않으면 안 된다. 더 이상 살아 있는 것이 치욕이 되고 그 어떤 희망도 없는 노인들 중―70세 이상의 노인들 중―, 본인의 의사와 가족의 요청이 있으면 그 모든 합리적인 절차에 따라서, 진정으로 아름답고 행복한 죽음을 완성할 수 있게끔 도와주지 않으면 안 된다.

조재형 시인의 「상보」는 홀로 살던 노인의 고독사에

대한 보고서이며, 고독이 얼마나 처절하고 끔찍한가를 너무나도 잘 보여주고 있다. 건강하고 힘이 좋을 때의 고독은 그렇게 대단한 동물이 될 수 없었지만, 늙고 병들었을 때의 고독은 제 주인을 물어뜯는 배은망덕의 이빨을 지녔던 것이다. 한 푼 절약하고 두 푼 모아 가정의 행복을 일으켰던 고독, 사랑하는 자식들을 위하여 그 모든 수모와 치욕마저도 다 감당해야만 했던 고독, 사나이 대장부다운 큰뜻을 접고 내 이웃을 내 몸과 같이 사랑했던 고독, 하지만, 그러나 사랑하는 자식들이 다 떠나가고 자기 자신의 분신과도 같았던 아내마저도 떠나보내야만 했던 고독, 그토록 다정다감하고 수없이 많았던 친구들마저도 다 떠나가고 어느덧 자식들마저도 찾아오지 않았던 고독—. 이제 노인은 고독이 되었고, 고독은 사나운 개가 되었다. 수렵의 여신인 아르테미스의 나체를 훔쳐본 결과, 한 마리의 사슴이 되어 자기 자신의 사냥개에게 물려죽은 악티온처럼, 자기 자신의 충견인 고독에게 물려죽을 수밖에 없었던 노인은 '저출산—고령화 시대'의 상징적인 초상일 수밖에 없다.

  "한 노인이/ 십년 동안 기르던 고독에게 물렸"고, 그

"노인은 한 개의 뼈다귀로 발견되었다." 사채, 즉, 빚도 없었고, 경제적으로 그렇게 궁핍하지도 않았다. 노인은 고독이 되고 고독은 제 주인을 물어뜯는 개가 되었다. 십년 동안의 고독은 처절하고, 그 어떠한 이빨보다도 더욱더 치명적인 배은망덕의 이빨을 지녔던 것이다.

오늘도 고독은 가슴에 못을 박고, 고독은 주인의 온몸을 갈기갈기 찢어버린다.

오오, 대한민국이여! 하루바삐 존엄사 제도를 채택하여 우리 노인들을 고독으로부터 해방시켜주기를 바란다.

이순희

가을 산 가을 강

구름 몇 점, 징검돌 만들어
하늘 강 건너던 날

그는,
그녀의 깊디깊은 강물 속으로 들어가네
꼭꼭 숨겨둔 뺨의 홍조 한 자락
홀로 삼켰던 붉은 울음
꺼이꺼이 다 토해내네

가을 산이 강물에 잠기네

— 이순희 시집, 『꽃보다 잎으로 남아』에서

암수 한 쌍이라는 말처럼 아름다운 말도 없고, 남자와 여자라는 말처럼 아름다운 말도 없다. 암컷과 수컷이 만나 하나가 되고, 남자와 여자가 만나 하나가 된다. 이 하나됨은 기적이며, 이 기적에 의하여 천지가 창조된다.

　가을 산은 남자가 되고, 가을 강은 여자가 된다. 그는 구름 몇 점으로 징검다리를 만들며 하늘 강을 건너가고, 그녀는 깊디깊은 강물이 되어 그를 기다린다.

　사랑하는 마음은 그리움이 되고, 그리움은 "꼭꼭 숨겨둔 뺨의 홍조"처럼 타오른다. 이 타오름은 붉디붉은 울음이 되고, 붉디붉은 울음은 천하제일의 가을 산수화로 피어난다.

　이순희 시인은 「가을 산 가을 강」은 더 이상 군말이 필요없는 가을 산수화이다.

신옥진　김병호

김용택　김기택

송찬호　손경선

정동재　손택수

곽성숙　유홍준

박수화　함민복

최승자

신옥진

겸재 정선

자연 속에

또다른

자연이 있다

— 신옥진 시집, 『화가를 그리다』에서

📖

    시는 사상의 꽃이고, 사상은 시의 씨앗이다. 우리는 신옥진 시인이 언어로 그린 「박고석」, 「박노수」, 「겸재 정선」, 「김종학」, 「박수근」, 「백남준」, 「앤디 워홀」, 「변관식」, 「장욱진」, 「나혜석」, 「양달석」, 「유영국」, 「이우환」, 「전혁림」, 「쿠사마 야요이」, 「베르나르 브네」 등이 신옥진 시인이 창출해낸 상징이란 사실을 잊어서는 안 된다. 상징은 빛이며 미래의 희망이고, 상징은 신비이며, 신비의 해독이다. 작은 상징, 큰 상징, 서러운 상징, 고통의 상징, 행복의 상징, 불행의 상징, 아름다운 상징, 더러운 상징 등─, 우리는 상징 속에서 살고 상징 속에서 죽어간다. 현실주의자는 현실주의자가 되기 위하여 상징주의자가 되지 않으면 안 되고, 상징주의자는 상징주의자가 되기 위하여 현실주의자가 되지 않으면 안 된다. 현실주의와 상징주의, 이 두 방향의 마주침, 즉, 그 상호간의 긴장과 대립 속에서, "자연 속에/ 또다른/ 자연"이 탄생하게 된다.

하지만, 그러나 모든 시인은 그가 현실주의자이든, 상징주의자이든, 초현실주의자이든, 그 무슨 주의자이든지간에, 우리 모두가 다같이 잘 살고 행복한 세계를 창출해내려는 이상주의자라고 할 수가 있다. 아무도 가보지 않은 곳, 그 전인미답의 세계 속에서 자기 자신이 아버지가 되고 모든 인류의 조상이 되고 싶은 것—, 요컨대 그가 시인이라면, 아니 그가 화가라면, 아니 그가 철학자라면 이처럼 아름답고 달콤한 '이상이라는 꿀맛'에 중독되지 않을 수가 없을 것이다. 시인은 미치광이이며, 이상중독자이고, 끝끝내 그 불빛 속에 현혹되어 그 불빛 속에서 죽어가는 불나방과도 같다. 새로운 세계를 꿈꾸는 자, 마약이나 알콜보다도 백배쯤은 더 달콤한 이상을 맛본 자, 이상이라는 환상에 현혹되어 눈 뜨고 앞 못보는 봉사가 된 자는 인간의 영역에서는 그 비참한 운명을 벗어날 수가 없지만, 그러나 신의 영역에서는 영원불멸의 삶을 살게 된다.

김병호

첫눈

밤새 짐승이 울었다

해질녘에 다녀간 사슴이라 생각했다

새벽은 검고 울음은 뜨거웠다

당신은 그때부터 있다

눈밭 한가운데서 길을 잃고 서 있는 당신을 보았다

첫눈을 온몸에 새겨 눈물을 가리는, 당신

빈 가지에 별자리를 묶고 싶은, 나

아흐레쯤 굶은 짐승의 배 속 같았다

그 안에서 입술들이 날아든다

울음을 떼어 낸 입술들

내 것도 아니고 당신 것도 아닌

심장이 다 부르트겠다

— 김병호 시집, 『백핸드 발리』에서

흰색은 고귀함과 거룩함과 순수함의 상징이며, 따라서 온 세상이 하얀 눈으로 덮였을 때, 우리는 곧잘 천지창조의 첫날을 생각하게 된다. 너와 내가 하나가 되면 온갖 새들과 짐승들이 뛰어놀고, 온갖 산과 들이 아름다운 풍경 자체가 되면 우리는 그 지상낙원의 주인공이 된다. 가슴은 설레이고 심장의 박동은 빨라지며, 이 아름답고 평화로운 세상 속에서 의식주는 물론, 그 모든 것이 만사형통의 가능성으로만 다가온다. 첫눈은 세계평화와 우리 모두의 행복의 신호탄일 수도 있다.

하지만, 그러나 김병호 시인의 「첫눈」은 세계평화와 우리 모두의 행복의 신호탄이기는커녕, "아흐레쯤 굶은 짐승의 배 속"같은 울음이 그 주조음을 이루고 있다고 하지 않을 수가 없다. 울음이란 무엇인가? 울음이란 생존의 위기에 몰린 자들이 그 절망의 벼랑 끝에서 내지르는 비명이며, 삶에의 의지의 진수와도 같다.

"해질녘에 다녀간 사슴"은 "눈밭 한가운데서 길을 잃고 서 있는 당신"이 되고, "눈밭 한가운데서 길을 잃고 서 있는 당신"은 "빈 가지에 별자리를 묶고 싶은, 나"가 된다. 나침반도 없고 지도도 없다. 새로운 앞날과 미래의 희망을 지시해주던 별자리도 찾을 수가 없고, 단 한줌의 비상식량도 없이 눈밭 한가운데에서 길을 잃어버린 것이다.

금강산 구경도 식후경이라는 말이 있다. 소위 경제가 최종심급인 것이고, "아흐레쯤 굶은" 자에게는 아름다운 풍경 자체가 지옥 속의 그것이 되어버린다. 배고픔이 울음이 되고, 이 뜨거운 울음이 차디 차게 냉각되어 마침내, 드디어, 그 모든 길들을 지워버리는 첫눈이 되었던 것이다. 배고픔은 울음이 되고, 울음(눈물)은 첫눈이 된다. 아니, 배고픔은 입술이 되고, 입술은 첫눈이 된다. 김병호 시인의 「첫눈」은 배고픔의 깊이에 그 뿌리를 두고, 그 고통의 힘으로 활짝 피어난 시라고 할 수가 있다. 요컨대 "울음을 떼어 낸 입술들"이 눈발이 되어 휘날린다는 표현은 참으로 아름답고 멋진 상상력의 극치라고 하지 않을 수가 없다.

울음을 떼어 낸 입술들이 하얀 눈이 되어 펄펄 쏟아

진다니, 이 보다 더 아름답고 멋진 시적 표현을 우리는 어느 시에서 다시 찾아볼 수가 있단 말인가? 오늘도, 지금 이 순간에도, 말들의 입술, 욕망의 입술, 사랑과 평화와 행복의 입술들이, 온밤 내내 길을 잃고 우리들의 이 세상을 뒤덮고 있는 것인지도 모른다.

아아, 천지창조의 첫날과도 같은 눈이 아닌, "아흐레쯤 굶은 짐승의 배 속"같은 '첫눈'의 시세계여!!

김용택
섬진강 1

가문 섬진강을 따라가며 보라
퍼가도 퍼가도 전라도 실핏줄 같은
개울물들이 끊기지 않고 모여 흐르며
해 저물면 저무는 강변에
쌀밥 같은 토끼풀꽃,
숯불 같은 자운영꽃 머리에 이어주며
지도에도 없는 동네 강변
식물도감에도 없는 풀에
어둠을 끌어다 죽이며
그을린 이마 훤하게
꽃등도 달아준다
흐르다 흐르다 목메이면
영산강으로 가는 물줄기를 불러
뼈 으스러지게 그리워 얼싸안고
지리산 뭉툭한 허리를 감고 돌아가는

섬진강을 따라가며 보라

섬진강물이 어디 몇 놈이 달려들어

퍼낸다고 마를 강물이더냐고,

지리산이 저문 강물에 얼굴을 씻고

일어서서 껄껄 웃으며

무등산을 보며

그렇지 않느냐고 물어보면

노을 띤 무등산이

그렇다고 훤한 이마 끄덕이는

고갯짓을 바라보며

저무는 섬진강을 따라가며 보라

어디 몇몇 애비 없는 후레자식들이

퍼간다고 마를 강물인가를,

— 김용택 시집, 『섬진강』에서

김용택 시인의 「섬진강 1」은 그의 대표작이며, 그의 출세작이라고 할 수가 있다. 섬진강하면 김용택이고, 김용택하면 섬진강이며, 이 영원불멸의 공식은 어느 누구도 이의를 제기하거나 반박할 수 없는 물리학의 진리와도 같다. 섬진강은 하늘의 은총이며, 축복이고, 김용택 시인의 영원한 삶의 터전이라고 할 수가 있다. "가문 섬진강을 따라가"보면, "퍼가도 퍼가도 전라도 실핏줄 같은/ 개울물들이 끊기지 않고 모여 흐르며/ 해 저물면 저무는 강변에/ 쌀밥 같은 토끼풀꽃,/ 숯불 같은 자운영꽃 머리에 이어주며/ 지도에도 없는 동네 강변/ 식물도감에도 없는 풀에/ 어둠을 끌어다 죽이며/ 그을린 이마 훤하게/ 꽃등도 달아준다." 가뭄과 어둠은 빈곤과 고난을 뜻하지만, 그러나 섬진강의 유장한 흐름과 풍요로움은 "퍼가도 퍼가도 전라도 실핏줄 같은" 생명력으로 "쌀밥 같은 토끼풀꽃/ 숯불 같은 자운영꽃 머리에 이어주며", 그 모든 가뭄과 어둠을 다 극복하게 해준다.

섬진강은 밥이고, 불이고, 힘이며, 총천연색의 자연의 드라마이다. "흐르다 흐르다 목메이면/ 영산강으로 가는 물줄기를 불러/ 뼈 으스러지게 그리워 얼싸"안는 섬진강, "지리산 뭉툭한 허리를 감고 돌아가는/ 섬진강을 따라가" 보면, "어디 몇몇 애비 없는 후레자식들이/ 퍼간다고 마를 강물"일 수 없는 섬진강, "지리산이 저문 강물에 얼굴을 씻고/ 일어서서 껄껄 웃으며/ 무등산을 보며/ 그렇지 않느냐고 물어보면/ 노을 띤 무등산이/ 그렇다고 훤한 이마 끄덕"이게 하는 섬진강—. 섬진강은 섬진강 유역의 모든 사람들을 다 먹여 살려주는 밥이 되고, 섬진강은 그 모든 어둠을 다 밝혀주는 불이 되고, 섬진강은 그 유장한 흐름을 거역하는 그 어떠한 외세外勢도 다 물리쳐 주는 힘이 된다. 섬진강에는 쌀밥같은 토끼풀꽃도 있고, 섬진강에는 숯불같은 자운영꽃도 있다. 섬진강에는 식물도감에도 없는 풀도 있고, 섬진강에는 "영산강으로 가는 물줄기를 불러/ 뼈 으스러지게 그리워 얼싸"안는 사람들도 있고, 섬진강에는 "지리산이 저문 강물에 얼굴을 씻고/ 일어서서 껄껄 웃으며/ 무등산을 보며/ 그렇지 않느냐고 물어보면/ 노을 띤 무등산이/ 그렇다고 훤한 이마 끄덕"이게 하는 사람들도 있다.

섬진강은 유장하고, 이 유장함은 영원하다. 여유가 있는 삶은 조화를 이루고, 이 조화는 모든 사람들의 삶을 행복하게 해준다. 실핏줄같은 개울물들, 쌀밥같은 토끼풀꽃, 숯불같은 자운영꽃들, 식물도감에도 없는 풀, 영산강, 지리산, 무등산 등이 사랑과 자유와 평화, 즉, 그 행복한 삶을 살며, 이 세상 그 어디에도 없는 총천연색 자연의 드라마를 연출해낸다.

아아, 섬진강이여 !

아아, 극본 김용택, 연출 김용택, 주연 김용택의 섬진강이여!!

섬진강을 따라가며 보라
섬진강물이 어디 몇 놈이 달려들어
퍼낸다고 마를 강물이더냐고,
지리산이 저문 강물에 얼굴을 씻고
일어서서 껄껄 웃으며
무등산을 보며

그렇지 않느냐고 물어보면

노을 띤 무등산이

그렇다고 훤한 이마 끄덕이는

고갯짓을 바라보며

저무는 섬진강을 따라가며 보라

어디 몇몇 애비 없는 후레자식들이

퍼간다고 마를 강물인가를,

— 김용택 시집, 『섬진강』에서

　섬진강은 전라도, 아니, 우리 한국인들의 영원한 젖
줄이고, 모든 외세와 모든 후레자식들을 다 물리칠 수
있는 '한국정신의 원동력'이라고 하지 않을 수가 없다.
　시인만이 위대하고, 또, 위대하다.

　혹시나 하고 눈을 씻고 찾아봐도 모범시민은 없고,
범죄인들로만 구성된 정부가 있다. 이 정부는 문화선
진국과는 정반대로, 자기 자신의 조국과 국민들을 강
대국의 먹잇감과 노예로 제공하게 된다.
　비록, 아주 작은 나라라고 할지라도 전 인류의 모범
이 되고 잘 살면 건드리지 않지만, 비록, 아주 큰 나라

라고 할지라도 전 인류의 손가락질의 대상이 되고 못
살면 강대국들이 제일 좋아하는 먹잇감이 된다.

　이것이 강대국, 즉, 제국주의자들의 법칙이기도 한
것이다.

김기택
꼽추

지하도
그 낮게 구부러진 어둠에 눌려
그 노인은 언제나 보이지 않았다.
출근길
매일 그 자리 그 사람이지만
만나는 건 늘
빈 손바닥 하나, 동전 몇 개뿐이었다.
가끔 등뼈 아래 숨어사는 작은 얼굴 하나
시멘트를 응고시키는 힘이 누르고 있는 흰 얼굴 하나
그것마저도 아예 안 보이는 날이 더 많았다.

하루는 무덥고 시끄러운 정오의 길바닥에서
그 노인이 조용히 잠든 것을 보았다.
등에 커다란 알을 하나 품고
그 알 속으로 들어가

태아처럼 웅크리고 자고 있었다.

곧 껍질을 깨고 무엇이 나올 것 같아

철근 같은 등뼈가 부서지도록 기지개를 하면서

그것이 곧 일어날 것 같아

그 알이 유난히 크고 위태로워 보였다.

거대한 도시의 소음보다 더 우렁찬

숨소리 나직하게 들려오고

웅크려 알을 품고 있는 어둠 위로

종일 빛이 내리고 있었다.

다음날부터 노인은 보이지 않았다.

— 김기택 시집, 『태아의 잠』에서

이 세상에서 가장 힘 센 것은 무엇일까? 원자폭탄일까? 그것도 아니라면 천재지변과도 같은 대지진의 힘일까? 하지만, 그러나 나는 원자폭탄보다도, 대지진보다도 우리 시인들의 상상력의 힘이라고 생각한다. 상상은 모든 기적의 힘이고, 천지창조의 힘이며, 우리 인간들의 생명의 힘이다. 우리는 상상 속에서 태어나 상상으로 꿈을 꾸고, 우리는 상상을 실천하고, 이 상상의 힘으로 승천을 한다. 왜냐하면 우리 시인들의 힘으로 전지전능한 신들이 태어났고, 이 지구와 이 우주가 탄생했기 때문이다.

김기택 시인의 「꼽추」는 '상상력의 승리'이며, 김기택 시인의 상상력이 얼마나 아름답고 역동적인가를 가장 아름답고 웅변적으로 보여준 시라고 할 수가 있다. 자나깨나 먹고 살 일이 걱정이 되어 그 기형의 몸으로 지하도에서 구걸을 했던 꼽추 노인, 그 기형의 몸에다가 걸인의 옷을 걸치고, 그것이 마냥 부끄러워 시멘트 바닥에 얼굴을 고정시킨 채, 빈 손바닥만을 내밀었던 꼽추 노인, 하지만, 그러나 그 더럽고 추한 삶 속에서 더욱더 "등에 커다란 알을 하나 품고/ 그 알 속으로 들어가/ 태아처럼 웅크리고" 자며, 그 비상의 꿈을 간직했던 꼽추 노인—.

요컨대 꼽추 노인은 비록, 인간의 세상에서는 기형적인 불구자이자 지하도의 걸인에 지나지 않았지만, 김기택 시인은 그 꼽추 노인의 족보의 기원을 이해하고 그 꼽추 노인에게 새의 날개를 달아주었던 것이다.

하루는 무덥고 시끄러운 정오의 길바닥에서

그 노인이 조용히 잠든 것을 보았다.

등에 커다란 알을 하나 품고

그 알 속으로 들어가

태아처럼 웅크리고 자고 있었다.

곧 껍질을 깨고 무엇이 나올 것 같아

철근 같은 등뼈가 부서지도록 기지개를 하면서

그것이 곧 일어날 것 같아

그 알이 유난히 크고 위태로워 보였다.

거대한 도시의 소음보다 더 우렁찬

숨소리 나직하게 들려오고

웅크려 알을 품고 있는 어둠 위로

종일 빛이 내리고 있었다.

다음날부터 노인은 보이지 않았다.

그렇다, "다음날부터 노인은 보이지 않았다"라는 이 마지막 시구는 김기택 시인의 「꼽추」를 제일급의 명시로 끌어올린 원자폭탄급의 시구라고 할 수가 있다. 드디어, 마침내, "등에 커다란 알을 하나 품고/ 그 알 속으로 들어가/ 태아처럼 웅크리고" 자고 있었던 꼽추 노인이 "철근 같은 등뼈가 부서지도록 기지개를 하면서" 이 세상에서 가장 아름답고 화려하게 하늘 나라로 승천을 했던 것이다.

상상은 자유롭고, 상상은 자유의 날개로 이 우주를 마음껏 날아다닌다. 꼽추 노인의 조상은 새(전지전능한 신)이며, 그 더럽고 추한 모습은 우화등선羽化登仙의 고통에 지나지 않았던 것이다.

꼽추 노인은 전지전능한 하나님의 아들이었던 것이

고, 그는 종족의 명령에 따라 새가 되었던 것이다.

　만일, 상상력의 아버지인 시인이 없었다면, 이 세상의 수많은 꼽추들과 이 세상의 수많은 걸인들이 그 서럽고 서러운 삶을 어떻게 살아갈 수가 있을 것이란 말인가?

　모든 시인은 '인간의 자기 찬양—자기 위로의 영원한 사제'라고 할 수가 있다.

송찬호
만년필

이것으로 무엇을 이룰 수 있었을 것인가 만년필 끝
이렇게 작고 짧은 삽날을 나는 아직껏 본 적이 없다

한때, 이것으로 허공에 광두정을 박고 술 취한 넥타
이나 구름을 걸어두었다 이것으로 경매에 나오는 죽은
말대가리 눈 화장을 해주는 미용사 일도 하였다

또 한때, 이것으로 근엄한 장군의 수염을 그리거나
부유한 앵무새의 혓바닥 노릇을 한 적도 있다 그리고
지금은 이것으로 공원묘지에 일을 얻어 비명을 읽어주
거나, 비로소 가끔씩 때늦은 후회의 글을 쓰기도 한다.

그리하여 볕 좋은 어느 가을날 나는 눈썹 까만 해바
라기씨를 까먹으면서, 해바라기 그 황금 원반에 새겨
진 파카니 크리스탈이니 하는 빛나는 만년필 시대의 이

름들을 추억해보는 것이다.

　그리고 나는 오래된 만년필을 만지작거리며 지난날
습작의 삶을 돌이켜본다―만년필은 백지의 벽에 머리
를 짓찧는다 만년필은 캄캄한 백지 속으로 들어가 오
랜 불면의 밤을 밝힌다―이런 수사는 모두 고통스런
지난 일들이다!

　하지만 나는 책상 서랍을 여닫을 때마다 혼자 뒹굴
어다니는 이 잊혀진 필기구를 보면서 가끔은 이런 상
념에 젖기도 하는 것이다―거품 부글거리는 이 잉크의
늪에 한 마리 푸른 악어가 산다.

　― 송찬호 시집, 『고양이가 돌아오는 저녁』에서

송찬호 시인은 '상상력의 대가'이며, 일상적인 사건과 이미지들을 새롭게 변형시켜 그만큼의 신선한 충격과 감동을 선사해준다. 일상적인 사건과 이미지들은 비일상적인 것이 되고, 친숙하고 익숙한 것들은 낯설고 새로운 것이 된다. 「만년필」이란 명시가 바로 그것을 말해준다. "거품 부글거리는 이 잉크의 늪에 한 마리 푸른 악어가 산다"니, 이 얼마나 놀랍고 새로운 사건이란 말인가? 악어는 그토록 잔인한 포식자이며, '악어의 눈물'이나 '악어와 악어 새의 관계'라는 말들처럼 더없이 뻔뻔스러운 위선자의 탈을 쓰고 그 공생관계를 형성해나갈 때도 있다.

송찬호 시인의 「만년필」의 첫 연, 즉, "이것으로 무엇을 이룰 수 있었을 것인가, 만년필 끝 이렇게 작고 짧은 삽날을 나는 아직껏 본 적이 없다"라는 시구는 대단한 반어와 역설이며, 새로운 기적을 창출해내기 위한 서막에 불과하다. 만년필은 결코 짧은 삽날이 아니며, 그 모든 것을 다해낼 수가 있다. "허공에 광두정을 박고 술 취한 넥타이나 구름을 걸어" 둔 적도 있고, "경매에 나오는 죽은 말대가리", 즉, 경매물품들을 미화시키는 일도 한 적이 있다. "근엄한 장군의 수염을 그리거나 부유한 앵무새의 혓바닥 노릇(자서전 대필같은 것)을 한 적도" 있고, "공원묘지에 일을 얻어 비명을 읽어주거나" "가끔씩 때늦은 후회의 글을" 쓴 적도 있다.

송찬호 시인은 "볕 좋은 어느 가을날" "눈썹 까만 해바라기씨를 까먹으면서" 그 해바라기를 통해 "그 황금원반에 새겨진 파카니 크리스탈이니 하는 빛나는 만년필 시대의 이름들을 추억해"보고 있는 것이다. 시적 화자가 만년필을 통해 일상생활에서 해낸 일은 만년필의 본래의 목적인 '펜의 혁명'이나 '시의 혁명'은 아니었지만, 그러나 그가 제일급의 시인으로서 "습작의 삶"을 돌이켜 볼 때는 만년필은 시의 혁명의 주체자가 되고 있었던 것이다. "만년필은 백지의 벽에 머리를 짓찧는다 만년필은 캄캄한 백지 속으로 들어가 오랜 불면의 밤을 밝힌다." 일상생활인으로서는 더없이 더럽고 비참한 삶 뿐이었지만, 그러나 그는 "만년필은 백지의 벽에 머리를 짓찧는다 만년필은 캄캄한 백지 속으로 들어가 오랜 불면의 밤을 밝힌다"라는 시구에서처럼, '펜의 혁명', 즉, '시의 혁명'을 위하여 그 모든 수모를 다 감당해냈던 것이다.

악당과 혁명가는 한 얼굴의 양면과도 같다. 만년필은 악어이고, 악어는 혁명가이다. 혁명가는 천지창조주와도 같으며, 송찬호 시인의 "이 잉크의 늪에 한 마리 푸른 악어가 산다"는 천하 제일의 시구라고 하지 않을 수가 없다.

시는 사상의 꽃이다. 「만년필」에는 송찬호 시인의 삶의 역사와 앎의 역사가 배어있다. 이 역사 속에는 그토록 엄청난 고통과 굴욕이 담겨있으며, 또, 그것을 넘어서 그토록 잔인한 인식의 제전을 위한 몸부림이 배어 있는 것이다.

시인은 영원한 혁명가이자 순교자이다.

시인은 한없이 약하지만, 시는 영원불멸의 삶을 산다.

오오, 「만년필」이여!

오오, 송찬호 시인의 그토록 고귀하고 위대한 「만년필」이여!

손경선
외마디 경전

세상에서 맨 처음 배워 익혀 뱉은 말
엄마

세상에서 마지막까지 가슴에 담는 말
어머니.

— 손경선 시집, 『외마디 경전』에서

📖

　손경선 시인은 1958년 충남 보령에서 출생하여 충남대학교 의과대학을 졸업하고 충남대학교 병원에서 수련했다. 내과전문의, 산업의학과 전문의, 충청남도 공주의료원장을 거쳐 현재는 공주에서 손경선내과의원 원장으로 재직하고 있다. 2016년 『시와 정신』으로 등단했으며, 제14회 웅진문학상을 수상했고, 풀꽃시문학, 금강시마을 동인, 공주문인협회 회원으로 활동하고 있다.

　손경선 시인의 첫 시집 『외마디 경전』은 '어머니 찬양'의 극치이자 이 '어머니 찬양'이 종교적 차원으로까지 승화된 시집이라고 할 수가 있다. 어머니는 나를 낳고 기른 존재이며, 나는 어머니에 의해서 태어났고, 어머니에 의해서 길러졌으며, 궁극적으로는 어머니에게로 돌아가야만 하는 존재이다. 어머니라는 말은 단말마의 비명이며, 성스러움이고, 감동 그 자체라고 할 수가 있다. 성경, 불경, 코란, 논어, 대학, 맹자, 중용, 시경, 서경, 주역보다도 더 기원적이고, 더 성스러운 말이며, 전 인류의 영원한 경전이라고 할 수가 있다.

내가 "세상에서 맨 처음 배워 익혀 뱉은 말/ 엄마", 내가 "세상에서 마지막까지 가슴에 담는 말/ 어머니(「외마디 경전」)." 이 엄마와 어머니 사이에 우리 인간들의 삶이 있고, "내가 못질로 일군 봉분/ 어머니 가슴에 서고" "어머니 안 계셔서 세운 봉분/ 내 가슴에 서고(「봉분」)" 사이에, 어머니의 죽음과 나의 죽음이 있다. 모천회귀—더 이상의 말이 필요없다. 손경선 시인의 『외마디 경전』은 전 인류의 영원한 젖줄인 어머니 강으로 그 도도한 흐름을 이어가고 있는 것이다.

정동재

하늘을 만들다

자와 컴퍼스가 하늘을 만든다
별 밤이 쌓여 심법心法을 전수 한다
사방 칠 수 한 치의 오차가 없다
황도 12궁에서 봄 여름 가을 겨울이 찾아온다

봄이 오는 이유를 묻자 농부가 땅을 일군다
사계의 의미를 묻는 것은 별 의미가 없으므로
꽃피는 이유를 묻는다
꽃송이도 피우지 못한 죽음에 관하여 묻는다
판사처럼
공약이행을 촉구하다가 형장으로 사라져 간 청춘을
심리한다
시간은 다시 되돌릴 수 없으므로 사라진 봄에 관하
여 눈물이 앞을 가린다

사계의 의미를 묻는 것은 정말이지 더 이상의 의미
가 없으므로
신도 아닌 주제가
죽음을 논하고
의사라도 된 것처럼 메스를 꺼내 든다
콘크리트 농수로에 빠진 고라니를 위하여 머리를 맞
댄다
하늘의 일이 땅에서 꽃 핀다
의사봉이 자와 컴퍼스가 하늘을 만든다

　― 정동재 시집, 『하늘을 만들다』에서

자란 무엇이고, 컴퍼스란 무엇인가? 자란 길이를 재는 데 쓰는 도구이고, 컴퍼스란 원이나 원호를 그리기 위해 사용되는 제도기구를 말한다. "자와 컴퍼스가 하늘을 만든다"는 것은 우리 인간들이 자연의 하늘이 아니라, 인공의 하늘을 만들고 있다는 것을 뜻하고, "별밤이 쌓여 심법心法을 전수"하고, "사방 칠 수 한 치의 오차"도 없이 "황도 12궁"을 건축하고 있다는 것을 뜻한다. 황도는 태양이 지나가는 길을 뜻하고, 이 태양은 12개의 별자리를 지나가게 된다. 궁수자리, 염소자리, 물병자리, 물고기자리, 양자리, 황소자리, 쌍둥이자리, 게자리, 사자자리, 처녀자리, 천칭자리, 전갈자리가 바로 그것이며, 이 '황도 12궁'은 점성학적으로 부와 결혼과 자식과 우정과 공공지위와 원수와 죽음 등과 아주 깊이 있게 연관되어 있다고 한다. 아무튼 "자와 컴퍼스가 하늘을" 만들고, "황도 12궁"으로 봄, 여름, 가을, 겨울이 찾아온다.

황도 12궁은 지구가 우주의 중심이라는 그 옛날의
우주관일 뿐이지만, 아직도 이 시대착오적인 우주관
에 의해서 봄, 여름, 가을, 겨울이 찾아온다. 봄이 오
면 씨를 뿌리고 싹이 돋아나면 꽃이 핀다. 꽃이 피면
이윽고 떨어지고 그 꽃진 자리에서 새로운 열매(씨앗)
가 맺힌다. "봄이 오는 이유를 묻자 농부가 땅을 일군
다"라는 시구에서처럼, 이 자연스러운 사계절의 운행
은 더 이상의 어떤 의미와 그 의문도 없지만, 그러나
"꽃송이도 피우지 못한 죽음에 관하여"는 묻고 싶어진
다. 왜냐하면 꽃송이도 피우지 못한 죽음은 부자연사
이며, "판사처럼/ 공약이행을 촉구하다가 형장으로 사
라져간 청춘을 심리"해보고 싶기 때문이다. 사계절의
의미를 묻는 것은 정말이지 아무런 의미가 없고, 지나
간 일들과 사건들은 되돌릴 수 없지만, 너무나도 억울
하고 부당하게 죽어간 청년들을 생각할 때마다 눈물
이 앞을 가린다.

정동재 시인의 「하늘을 만들다」는 자연이 아닌 '인공
의 하늘'이며, 이때의 '황도 12궁'은 '선'이 아닌 '악의
궁전'에 지나지 않는다. 꽃송이도 피우지 못한 죽음들,

즉, 판사처럼 공약이행을 촉구하다가 사라져간 청년들은 만인평등과 부의 공정한 분배를 외치다가 죽어간 청년들일 수도 있지만, 그러나 이 '황도 12궁'에서는 그 어떠한 사실도 밝혀내지 못하고, 또한 그들의 영혼을 위로해주지도 못한다. 황도 12궁은 대한민국의 국회의사당과도 같고, "신도 아닌 주제가/ 죽음을 논하고/ 의사라도 된 것처럼 메스를 꺼내" 들지만, 우리 국회의원들은 그 어떤 해결책도 마련해내지 못한다. 진정으로 수많은 청년들의 비명횡사를 막으려면 만인평등과 부의 공정한 분배를 위한 근본대책을 마련해야 하지만, 우리 국회의원들은 하늘이 무너져 내려도 그럴 의사가 없다. 또한, "콘크리트 농수로에 빠진 고라니를" 진정으로 구출해내기 위해서라면 지금, 당장이라도 콘크리트 농수로를 철거해야 하지만, 우리 국회의원들은 하늘이 무너져 내려도 그럴 의사가 없다. 왜냐하면 우리 국회의원들은 지식을 가진 자이며 부자이고, 언제, 어느 때나 가난한 자, 무지한 자를 짓밟아 버릴 수 있는 대악당들이기 때문이다. 우리 국회의원들이 궁극적으로 자와 컴퍼스를 가졌고, 악당의 입장에서 악당을 위한 의사봉을 언제, 어느 때나 두들겨 댄다.

하늘이 아니고 땅의 하늘이다. 황도 12궁은 태양이 지나가는 별자리가 아니며, 대한민국의 국회의사당이다. 우리 국회의원들이 자와 컴퍼스를 가지고 새로운 하늘을 만들며, 그 악법을 통하여 전지전능한 신처럼 의사봉을 두들겨 댄다. 하늘의 일이 땅에서 꽃 피고, 황도 12궁은 혼용무도昏庸無道의 본무대가 된다. 요컨대 인간이 자와 컴퍼스로 만든 인공 하늘에서는 대악당들이 득시글거리고, 언제, 어느 때나 부자연사와 의문사가 자연스러운 삶이 된다.

손택수

바람과 구름의 호적부

게을러터진 아버지는 내 출생신고를 이태나 미뤘다

나의 무정부는 거기서부터 출발한다

면사무소를 찾아가는 대신 나는 하늘과 땅에 출생

신고를 했고

바람과 구름의 호적부에 먼저 이름을 올렸다

삼인산 너머로 지는 노을과

하늘을 아주 까맣게 물들이던 까마귀들이 나의

면서기였다 뜻한 바는 없었으나

어머니 등에 업혀 바라보던 꽃들, 별들

순간순간들이 나의 든든한 정부요 국가였다면 어떨

까

출생신고를 미룬 그 이태가 나의

평생이 될 줄은 아무도 몰랐을 것이다

게을러터진 아비의 아들답게

사망신고를 미루고 미루면서

나는 아버지의 유골가루를 품고 다닌다

반은 어머니가 계시는 바닷가 언덕에 묻고

반은 삼인산에 뿌릴까 영산강에 뿌릴까

사십 년 만에 귀향한 고향의 느티나무에게 한 줌,

학교에 가지 못해 훌쩍거리며 걷던 논두렁에게도 한
줌

오매 저 냥반이 성식이 아닌가

엄니 대신 빨래 다니던 대추리댁 둘째 아닌가

수런거리는 대숲에게도 한 줌

세월아네월아 나도 한 이태쯤 이렇게 버텨볼까

지울 수 없는 바람과 구름의 호적부 속에서

📖

　도덕부정론자인 푸라나 카사파도 외양간에서 태어
났고, 결정론자인 고사알라도 외양간에서 태어났다.
예수도 마굿간에서 태어났고, 모세도 태어나자마자 나
일강가에 버려졌다. 버림을 받았다는 것은 자유를 얻
었다는 것이고, 자유를 얻었다는 것은 그가 모든 물질
문명의 안락함을 버렸다는 것이다. 가난은 천하제일의
벼랑끝이 되고, 가난한 자는 그 벼랑 끝에다가 그의 둥
지를 틀게 된다. 인간의 세상에서는 버림을 받았지만,
시인의 세상에서는 축복을 받은 사람들이 있다. 나는
푸라나 카사파도, 고사알라도, 예수도, 모세도 모두가
다같이 시인이라고 생각한다. 시인의 존재 근거는 천
하제일의 벼랑 끝이고, 그의 삶의 체형은 자유이며, 그
의 시는 그의 행복의 결정체가 된다.

　가난은 보금자리이고, 가난은 자유이고, 가난은 날
개이고, 가난은 행복이다. 가난 속에다가 둥지를 틀

고 가난을 자유자재롭게 다스리게 되면, 그는 하늘의 제왕인 독수리처럼 살아가게 된다. 가난하게 살면 몸이 가벼워지고, 몸이 가벼워지면 자기 자신의 사상과 의지대로 늘, 언제나 자유자재롭게 날아다닐 수가 있다. 자유롭다는 것은 도덕부정론의 창시자가 될 수도 있다는 것을 뜻하고, 자유롭다는 것은 결정론의 창시자가 될 수도 있다는 것을 뜻한다. 자유롭다는 것은 십자가를 짊어질 수도 있다는 것을 뜻하고, 자유롭다는 것은 홍해바다의 기적을 연출해낼 수도 있다는 것을 뜻한다.

손택수 시인의 가난은 하늘과 땅이었고, 그의 자유는 바람과 구름이었다. 하늘과 땅이 있었기 때문에 독수리처럼 살 수가 있게 되었고, 바람과 구름이라는 날개를 얻었기 때문에, 어머니 등에 업혀서도 그 모든 꽃들과 별들을 바라보면서 무정부주의자로서의 국가를 건설할 수가 있었던 것이다. 아버지가 시인의 출생신고를 이태나 미뤘다는 것은 천하제일의 절경인 가난 속에다가 둥지를 마련해주었다는 것이고, 면사무소 대신 바람과 구름의 호적부에 이름을 올렸다는 것은 이 세상에서 가장 아름답고 멋진 자유, 즉, 독수리의 날개를 얻었다는 것을 뜻한다. 훌륭한 스승 밑에 못난 제자 없고, 훌륭한 아버지 밑에 못난 아들 없다. 이제 시인은 그 아버지의 아들답게 그 아버지의 유골가루를 품고, 이 세상에서 가장 아름답고 멋진 상상의 날개를 펴고 날아다닌다. 어머니가 계시는 바닷가의 언덕에 뿌릴까? 반은 삼인산에 뿌리고, 반은 영산강에 뿌릴까? "사십 년 만에 귀향한 고향의 느티나무에게도 한 줌" 뿌리고, "학교에 가지 못해 훌쩍거리며 걷던 논두렁에게도 한 줌" 뿌리고, 그리고 마지막으로 "수런거리는 대숲에게도 한 줌" 뿌려볼까? 효孝는 자유이고, 자유는 바람과 구름의 족속답게 만년주유권萬年周遊權을 끊고 천하제일의 절경 끝을 날아다닌다.

시인은 가난하고 가난한 시인은 자유롭다. 무서운 것은 가난이나 천길의 벼랑 끝이 아니라, 제도라는 이름의 덫이다. 가장이라는 덫, 사회적 지위라는 덫, 시인의 이름이라는 덫, 무사안일과 행복이라는 덫, 상장과 훈장이라는 덫, 황금주의와 절대권력이라는 덫—, 이처럼 다종다양하고 수없이 많은 덫에 빠지면, 그는 새장 속에 갇힌 독수리가 되고, 그의 자유라는 날개는 이내 퇴화되어 버리고 만다. 하늘과 땅을 잃어버린 독수리, 바람과 구름을 잃어버린 독수리, 꽃들과 별들을 잃어버린 독수리, 바닷가 언덕과 삼인산을 잃어버린 독수리, 고향의 논두렁과 대숲을 잃어버린 독수리─. 덫은 함정이고, 죽음이고, 무덤이고, 시인이라는 이름의 최악의 불명예이다.

천길 벼랑 끝의 삶은 기쁨이고, 천길 벼랑 끝의 삶은 행복이다. 그의 삶은 자유이고, 그의 자유는 천길 벼랑 끝의 예술품이다. 천하제일의 절경 앞에서는 숨이 막히고, 천하제일의 독수리의 모습 앞에서는 넋이 다 빠져나간다. 시인은 성스러운 존재이고, 시인은 두려운 존재이다.

사람이 산처럼 몰려오고, 사람이 파도처럼 몰려온다.

국가가 없고 소속이 없다는 것─, 바로 이 지점에서 하늘의 제왕인 독수리의 가장 아름답고 힘찬 날갯짓이 시작되는 것이다.

오오, 손택수 시인의 '바람과 구름의 호적부'여!!

오오, 우리 시인들이여, 높이 높이, 더 높이, 하늘의 제왕인 독수리처럼 날아가거라!!

곽성숙
부부 나무의 팔베개

아내의 가는 팔로 남편의 머리 들어주는 일이
이토록 눈물 나는 일인가

부부 나무는 언제부터 계곡의 물소리
찻잎에 머물다 온 바람과
득음정* 가락에 열중했을까
산그늘에 잠긴 아랫마을 낮은 지붕들과
새들의 소풍 바라보는
지어미의 팔에 안긴 지아비는 평온하다

서로를 향한 따뜻한 눈길
남편의 목에 손 받치고 화석이 되어가는
지어미의 팔베개
내 깊은 곳에서
밤마다 한숨이 올라와도 억울하지 않겠다.

* 득음정 : 보성, 행복학교에 있는 정자.

일 더하기 일은 둘이 될 때도 있고, 일 더하기 일은 하나가 될 때도 있고, 일 더하기 일은 제로(0)가 될 때도 있다. 일 더하기 일이 둘이 될 때는 경제적 관계가 되고, 일 더하기 일이 하나가 될 때는 물리적 관계가 되고, 일 더하기 일이 제로가 될 때는 자연의 관계가 된다. 자본가는 경제적인 덧셈을 좋아하고, 사랑하는 남녀는 물리적인 덧셈을 좋아하며, 이상적인 부부는 자연의 덧셈을 좋아한다. 사랑은 둘이 아닌 하나가 되는 것이지만, 그러나 이 하나는 너와 내가 소멸되어 '무'가 되기 위한 전 단계에 지나지 않는다. 물방울 하나와 물방울 하나가 만나면 물방울 하나가 되지만, 그러나 이 물방울을 둘로 나누면 두 개의 물방울이 된다. 너는 너로서 존재하고 나는 나로서 존재하는 남녀의 관계는 이처럼 항상 이별의 위험성이 도사리고 있는 것이다.

하지만, 그러나, 내가 당신으로서 존재하고, 당신이

나로서 존재할 때는 두 사람의 부부는 '무'로서 하나가
될 준비가 되어있는 것이다. "여보, 당신은 나의 전부
요"라고 말하면 "여보, 당신은 나의 전부요"라고 즉시
대답하는 메아리와도 같다. 아내는 남편 없이는 살 수
가 없고, 남편은 아내 없이는 살 수가 없다. 부부나무
는 그처럼 오랜 시간 동안 둘이서 하나가 되는 과정을
겪어왔던 것이고, 이제는 '무'로서 하나가 되는 '득음정
의 경지'에 이르게 되었던 것이다. 득음정이란 판소리
의 명창이 그 완성된 형태로 성음을 얻었다는 것을 뜻
하고, 따라서 득음정의 경지에 이르게 되면 모든 소리
는 자연의 소리에 가깝게 된다고 한다.

　곽성숙 시인의「부부 나무의 팔베개」가 득음정의 경
지이며, 티없이 맑고 순수한 자연의 경지라고 할 수가
있다. 계곡의 물소리와 찻잎에 머물다 온 바람과 노래
를 부르고, 서로를 향한 따뜻한 눈길로 화석이 되어간
다. "산그늘에 잠긴 아랫마을 낮은 지붕들과/ 새들의
소풍 바라보는/ 지어미의 팔에 안긴 지아비는 평온"
하고, "아내의 가는 팔로 남편의 머리 들어주는 일"
은 정말이지 눈물이 난다. 이때의 눈물은 슬픔의 눈
물이 아닌 감동의 눈물이며, 오직, 일편단심의 사랑

의 눈물이다.

> 서로를 향한 따뜻한 눈길
> 남편의 목에 손 받치고 화석이 되어가는
> 지어미의 팔베개
> 내 깊은 곳에서
> 밤마다 한숨이 올라와도 억울하지 않겠다.

음(−)과 양(+)이 만나면 무가 된다. 남편도 없어지고, 아내도 없어진다. 득음도 없어지고, 사랑도 없어진다.

화석은 무이고, 화석은 팔베개이다. 화석은 사랑이고, 화석은 득음이다.

사랑은 둘이 하나가 되고, 참된 사랑은 '무'로서 하나가 된다.

백년해로가 백년해로를 부르고, 백년해로와 백년해로가 손에 손을 맞잡고, '영원불멸의 삶'을 살아가게 된다.

유홍준
喪家에 모인 구두들

저녁 상가에 구두들이 모인다

아무리 단정히 벗어놓아도 문상을 하고 나면 흐트러

져 있는 신발들,

젠장, 구두들이 구두들

짓밟는 게 삶이다

밟히지 않는 건 망자의 신발뿐이다

정리가 되지 않는 상가의 구두들이여

저건 네 구두고

저건 네 슬리퍼야

돼지고기 삶는 마당가에

어울리지 않는 화환 몇 개 세워놓고

봉투 받아라 봉투,

화투짝처럼 배를 까뒤집는 식구들

밤 깊어 헐렁한 구두 하나 아무렇게나 꿰신고

담장 가에 가서 오줌을 누면, 보인다

북천北天에 새로 생긴 신발자리 몇 개

📖

    손은 무엇을 만들거나 잡는데 쓰이는 기능을 담당하고, 발은 그의 몸을 움직여 삶의 영역을 확보하는 기능을 담당한다. 인간이 다른 동물들과 다른 점은 두 손을 이용하여 도구를 사용하는 것이지만, 그러나 산다는 것은 걷는다는 것이고, 걷는다는 것은 삶의 영역을 확보한다는 것이다. 역사의 기록도 족적足跡이고, 인생의 기록도 족적이다. 요컨대 손이 아닌 발의 움직임에 따라서 어떤 개인이나 국가의 운명이 결정되고 있는 것이다.

    신발은 발의 보조물이며, 오늘날 우리 인간들은 이 신발이 없이는 움직일 수가 없다. 짚신, 나막신, 샌달, 슬리퍼, 고무신, 운동화, 장화, 부츠, 하이힐, 구두 등에서처럼 수많은 신발들이 있고, 이 신발들의 역사는 인류의 역사의 축소판이라고 할 수가 있다. 구두는 신발 중의 신발이며, 소위 신사들, 즉, 소위 출세한 자들의 필수품목이라고 할 수가 있다.

유홍준 시인의 「喪家에 모인 구두들」은 산 자의 역사
도 신발의 역사이며, 죽은 자의 역사도 신발의 역사라
는 사실이 가장 구체적이면서도 결정적으로 드러나고
있다고 할 수가 있다. "저녁 상가에 구두들이 모인다/
아무리 단정히 벗어놓아도/ 문상을 하고 나면 흐트러
져 있는 신발들/ 젠장, 구두들이 구두들/ 짓밟는 게 삶
이다"라는 것은 신발의 역사가 이전투구의 역사라는
것을 뜻하고, "돼지고기 삶는 마당가에/ 어울리지 않
는 화환 몇 개 세워놓고/ 봉투 받아라 봉투/ 화투짝처
럼 배를 까뒤집는 식구들"이라는 시구는 우리 한국인
들의 상가와 문상조차도 상호부조의 형태가 아닌, 극
단적인 이기주의로 오염되어 있다는 것을 뜻한다. 구
두가 구두를 짓밟고 올라서고, 구두가 구두의 뒷다리
를 건다. 구두가 구두의 얼굴을 때리고, 구두가 구두
의 체면과 권위에 치명타를 날린다. 구두와 구두가 모
여서 야합을 하고, 구두와 구두가 모여서 반대파의 목
을 비틀어버린다. 구두와 구두가 모여서 이민족의 삶
의 터전을 쑥대밭으로 만들고, 구두와 구두가 모여서
그 승전의 개가처럼 십자가를 꽂는다. 구두의 역사는

정리할 수 없는 삶의 역사이며, 구두의 역사는 상호이
전투구와 승자독식구조의 역사이다.

무엇이 최고의 선인가? 가장 좋은 구두를 신는 것이
다. 무엇이 최고의 악인가? 가장 나쁜 구두를 신는 것이
다. 무엇이 최고의 행복인가? 이 세상의 모든 인간들이
가장 겸손하고 정중하게 나의 구두에 입을 맞추는 것이
다. 산 자의 역사도 구두의 역사이고, 죽은 자의 역사도
구두의 역사이다. 우리는 구두를 신으며, 구두의 운명
에 따라서 살고 죽는다. 모든 역사는 결정되어 있으며,
어느 누구도 이 구두의 역사에서 빠져나갈 수가 없다.

> 밤 깊어 헐렁한 구두 하나 아무렇게나 꿰신고
> 담장 가에 가서 오줌을 누면, 보인다
> 북천北天에 새로 생긴 신발자리 몇 개

오늘도, 지금 이 순간에도, 구두는 살아 있고, 구두
는 끊임없이 움직인다. 이승에서도 움직이고, 저승에
서도 싸운다.

구두, 구두—, 구두가 우리 인간들의 운명까지도 좌
우한다.

박수화
체리나무가 있는 풍경을 지나

알프스 자락의 아름다운 도시로 간다
오스트리아 국경을 넘어와 산간도로 길목엔
아직 오월 봄눈이 목화솜 더미더미 쌓여 있다
인스부르크에 가까울수록 숲은 더 푸르러지고
체리나무들이 옹기종기 모여 휴식을 취하고
이슬이슬 비에 젖는다, 이 고요한
도시가 우리를 두 팔 벌려 반겨주는가

인스부르크의 화려한 황금지붕을 만나며
마리아 테레지아 거리를 걸으며
주렁주렁 체리 열매로 어여쁜,
열여섯 자녀를 낳았다는 오월의
풍만한 생기를 가진 그녀,
그녀의 길을 따라 나도 걷고 있다

— 박수화 시집, 『체리나무가 있는 풍경을 지나』에서

📖

알프스는 산들 중의 산이며, 아름다움의 원형이고, 신들이 만든 걸작품이라고 할 수가 있다. 오스트리아 국경을 넘어가면 산간도로 길목엔 오월의 봄눈이 목화 솜처럼 쌓여있고, 인스부르크에 가까울수록 숲은 더욱더 푸르러지고, 체리나무들이 옹기종기 모여 휴식을 취한다.

박수화 시인은 "인스부르크의 화려한 황금지붕을" 만나고, "마리아 테레지아 거리를 걸으며" 마리아 테레지아를 만난다. "주렁주렁 체리 열매로 어여쁜/ 열여섯 자녀를 낳았다는" 마리아 테레지아는 체리나무가 되고, 또한, 체리나무는 마리아 테레지아가 된다. 마리아 테레지아는 박수화 시인이 되고, 박수화 시인은 또한, 체리나무가 된다.

체리나무는 풍요와 다산의 상징이다. 풍요는 아름답고 행복한 삶으로 이어지고, 다산은 종의 번영과 그 미래를 결정한다.

시인도, 마리아 테레지아도, 체리나무도, 아름답고 아름다운 알프스의 풍경 자체가 되어간다.

아름다움은 영원하고, 영원은 아름다움을 꼬옥 끌어안는다.

함민복

만찬晩餐

혼자 사는 게 안쓰럽다고
반찬이 강을 건너왔네
당신 마음이 그릇이 되어
햇살처럼 강을 건너왔네
김치보다 먼저 익은
당신 마음
한 상
마음이 마음을 먹는 저녁

인간과 인간 사이에는 강이 흐르고, 이 강이 있기 때문에, 그 모든 세계사적인 사건들이 다 일어난다. 강은 사랑의 강일 수도 있고, 강은 미움의 강일 수도 있다. 분노와 광란의 강일 수도 있고, 슬픔과 절망의 강일 수도 있다. 인간과 인간 사이에 강이 흐르는 것은 우리는 모두가 다같이 서로가 다른 인간이기 때문이다. 인간과 인간 사이의 강은 개성의 표지이자 장애물이고, 서로간의 사랑이 오고 가는 생명의 강이라고 할수가 있다.

혼자 산다는 것은 외롭다는 것이며, 외롭다는 것은 그 어떤 사회적인 안전장치도 없다는 것이다. 함민복 시인의 「만찬晚餐」의 강은 생명의 강이며, 사랑의 강이다. "혼자 사는 게 안쓰럽다고" "반찬"을 보낸 것도 사랑의 마음이고, "김치보다 먼저 익은/ 당신 마음/ 한상"을 받은 것도 사랑의 마음이다.

반찬은 당신의 마음이 되고, 당신의 마음은 햇빛이
된다.

"마음이 마음을 먹는 저녁—."

이 보다 더 경건하고, 이 보다 더 행복한 '만찬의 시
간'은 없을 것이다.

시는 이 세상의 삶의 찬가이다.

만일, 시가 없었다면 우리 인간들은 이미 멸종된 동
물들에 지나지 않았을 것이다.

시는 인간의 위로, 인간 찬양의 최고급의 예술인 것
이다.

시에는 사악한 생각이 하나도 없다.

오오, 사무사思無邪여!!(『반경환 명언집』 제1권)

최승자
일찍이 나는

일찍이 나는 아무 것도 아니었다.
마른 빵에 핀 곰팡이
벽에다 누고 또 눈 지린 오줌 자국
아직도 구더기에 뒤덮인 천년 전에 죽은 시체.

아무 부모도 나를 키워 주지 않았다
쥐구멍에서 잠들고 벼룩의 간을 내먹고
아무 데서나 하염없이 죽어 가면서
일찍이 나는 아무 것도 아니었다

떨어지는 유성처럼 우리가
잠시 스쳐갈 때 그러므로,
나를 안다고 말하지 말라.
나는 너를 모른다 나는 너를 모른다

너당신그대, 행복

너, 당신, 그대, 사랑

내가 살아 있다는 것.

그것은 영원한 루머에 지나지 않는다.

내가 나를 나라고 부를 수 있을 때, 나는 선택을 받은 사람이며, 나는 나의 존재의 정당성을 확보할 수가 있다. 나는 사랑하는 가족과 친구들과 동료들이 있으며, 하나님의 은총처럼, 모든 영광의 월계관으로 나의 이름을 장식할 수도 있다. 이 세계는 넓고 아름다우며, 늘, 항상, 끊임없는 감사와 행복의 노래가 울려퍼진다.

하지만, 그러나 내가 나를 나라고 부를 수 없을 때, 나는 선택받지 못한 사람이며, 나는 나의 존재의 정당성을 확보할 수가 없다. 나는 가정과 직장과 사회로부터 버림을 받은 사람이며, 소외된 자의 운명을 살아갈 수밖에 없다.

나는 영원한 타인에 불과하며, 만성적인 굶주림과 빈곤, 또, 그리고, 만성적인 피로와 권태와 우울증에 시달리게 된다. "일찍이 나는 아무 것도 아니었다/ 마른 빵에 핀 곰팡이/ 벽에다 누고 또 눈 지린 오줌 자국/

아직도 구더기에 뒤덮인 천년 전에 죽은 시체"에 지나지 않으며, 나는 아직도 영원히 썩을 수도 없다. "아무 부모도 나를 키워 주지 않았"으며, "쥐구멍에서 잠들고 벼룩의 간을 내먹고/ 아무 데서나 하염없이 죽어 가면서/ 일찍이 나는 아무 것도 아니었"던 것이다. "너당신 그대, 행복"은 "너당신그대, 행복"이고, "너, 당신, 그대, 사랑"은 "너, 당신, 그대, 사랑"이다. 나는 너를 모르고, 너는 나를 모른다. "내가 살아 있다는 것", "그것은 영원한 루머에 지나지 않는다."

  나도 사랑을 하고 싶었고, 나도 행복하게 살고 싶었다. 하지만, 그러나 가정과 직장과 사회, 즉, 타인들로부터 버림을 받았다는 것은 소외된 자의 본질적인 국면에 해당된다. 따라서 이 소외의 극복은 불가능한데, 왜냐하면 선택받지 못했다는 분노가 이제는 자기 자신을 끊임없이 물어뜯게 되기 때문이다. 소외는 저주받은 자의 운명이며, 이 소외된 주체자는 자기가 자기 자신을 끊임없이 물어뜯는 형벌의 삶을 살아갈 수밖에 없게 된다.

  최승자 시인은 소위 대한민국 최고의 명문대학교 출신이며, 대한민국 제일급의 시인이자 니체의 『짜라투

스트라는 이렇게 말했다』를 번역했을 만큼의 제일급의 번역가이기도 했다. 천하의 영웅호걸인 오딧세우스에게 선택을 받지 못했다는 것은 최승자 시인이 그만큼 키가 작고 미모가 뛰어나지 않았기 때문일 수도 있다. 아무튼 나도 여인이고 사랑을 받고 싶었다는 욕망이 이처럼 자기 자신을 '루머'로서 존재하게 만들고 있었던 것인지도 모른다.

당신도, 당신도, 악마(돈)에게 영혼을 팔아버린 당신도, 영원한 '루머'에 지나지 않는다.

선택받음과 선택받지 못함의 차이는 천당과 지옥의 차이와도 같다.

내가 대통령이라면 우리 정치인들과 우리 재벌들과 우리 목사들을 모조리 200년의 징역형으로 다스리고 전 재산을 몰수해버릴 것이다.

정경유착, 정교유착의 고리를 끊어버리지 않는 한 대한민국의 미래는 없다.

우리 정치인들과 우리 재벌들과 우리 목사들, 즉, 이 개새끼들 중, 어느 누가 부정부패 청산을 말하는 것을 보았느냐?

백순옥 이영순

길상호 김군길

정희성 천상병

최서림 김환식

현상연 강서연

김지명 이서빈

우현순

백순옥
괭이밥

춘란 화분에 괭이밥이 핀다
자꾸 노란 금줄을 친다

난의 뿌리를 꼭 잡고
새끼 고양이처럼 발을 내민다

창가를 지나가던 어미고양이
휙, 돌아본다

괭이눈에 반짝 핀다
노란 꽃

— 백순옥 시집, 『깊어지는 집』에서

괭이밥은 괭이밥과의 여러해살이 풀로 초장초, 괴싱이, 시금초라고도 하고, 우리나라의 어느 곳에서나 아주 흔히 볼 수 있는 꽃 중의 하나이다. 키는 10cm~30cm로 작은 편이고, 노란 꽃이 점을 찍은 듯이 앞겨드랑이에서 올라와 핀다. 어린 잎은 나물로도 먹고, 약재로도 사용되며, 꽃말은 '빛나는 마음'이라고 한다. 괭이밥은 고양이 밥이라는 뜻이고, 그 옛날부터 고양이가 소화되지 않을 때, 이 풀을 먹었다고 해서 괭이밥이라는 이름이 붙여졌다고 한다.

백순옥 시인의 「괭이밥」에는 세 명의 주인공이 등장을 하고, 이 세 명의 주인공이 마치, 연극 속의 주인공처럼 그 극적인 이야기를 이끌어 나간다. 첫 번째 주인공은 춘란이고, 두 번째 주인공은 괭이밥이고, 세 번째 주인공은 어미고양이이다. 춘란은 붉은머리오목눈이와도 같고, 괭이밥은 뻐꾸기 새끼와도 같고, 어미고양이는 탁란의 주인공인 뻐꾸기와도 같다. "춘란 화분에 괭이밥이 핀다/ 자꾸 노란 금줄을 친다// 난의 뿌리를 꼭 잡고/ 새끼 고양이처럼 발을 내민다"라는 시구는 붉은머리오목눈이 새끼를 밀어내고 그 모든 먹이를 가로채가는 뻐꾸기 새끼와도 같으며, 그 뻐꾸기 새끼(괭이밥)에게 난의 뿌리를 꼭 잡고 자꾸 노란 꽃을 피우게 하는 춘란은 붉은머리오목눈이와도 같으며, "창가를 지나가던 어미고양이/ 휙, 돌아본다"라는 시구는 탁란托卵의 장본인이자 어린 새끼의 '이소離巢'를 준비시키는 어미 뻐꾸기와도 같다. 춘란화분에 자꾸 노란 금줄을 치는 괭이밥, 난의 뿌리를 꼭 잡고 새끼고양이처럼 발을 내미는 괭이밥, 창가를 지나가던 어미고양이 눈에 반짝 피는 노란 꽃—.

백순옥 시인의 「괭이밥」은 '탁란托卵', 아니, '탁씨托氏의 진수'이며, 이 '탁씨托氏'의 모든 과정을 아주 훈훈하고 따뜻한 우화로서 완성시켜 놓고 있다고 하지 않을 수가 없다. 진짜 엄마와 가짜 엄마, 진짜 새끼와 가짜 새끼, 혹은 진짜 같은 가짜 엄마와 가짜 같은 진짜 엄마, 가짜 같은 진짜 새끼와 진짜 같은 가짜 새끼가 벌이는 삼각관계의 드라마는 '괭이밥의 노란 꽃'으로 활짝 꽃 피어난 것이다. 요컨대 춘란 화분에 자꾸 노란 금줄을 친 괭이밥과 어미고양이 눈에 반짝 핀 노란 꽃이 마주쳐 백순옥 시인의 「괭이밥」을 제일급의 명시로 끌어올리고 있는 것이다.

이영순
사랑은

외마디 느낌표로 오는 거야
가슴 터지게 오는 거야
덩굴로 온몸을 휘감으며 오는 거야
피할 수 없는 천둥으로 오는 거야
번개처럼 번쩍 하는 거야

잠깐 머물다

굽어진 물음표로 가는 거야
부딪친 파도처럼 가는 거야
가슴을 훑으며 가는 거야
해일로 온통 뒤엎으며 가는 거야
쓰나미처럼 모두 쓸어가는 거야

보여주는 거야

상처 속 돋아나는 새살을

— 이영순 시집, 『절하며 산다』에서

📖

　사랑의 힘은 외마디 느낌표이고, 사랑의 힘은 가슴을 터지게 한다. 사랑의 힘은 덩굴로 온몸을 휘감게 하고, 사랑의 힘은 천둥번개를 번쩍이게 한다.

　사랑의 힘은 잠깐 머물다 가고, 사랑의 힘은 굽은 물음표로 간다. 사랑의 힘은 파도처럼 가고, 사랑의 힘은 가슴을 훑으며 간다. 사랑의 힘은 해일처럼 온통 뒤엎으며 가고, 사랑의 힘은 쓰나미처럼 모든 것을 쓸어간다.

　이영순 시인의 「사랑은」의 제1연이 사랑의 힘이 다가오는 것을 노래하고 있다면 제3연은 사랑의 힘이 잠깐 머물다가 가는 것을 노래하고 있다고 할 수가 있다. 마지막 제4연은 사랑의 오고 감이 상처가 되고, 이 상처 속에서 새로운 생명이 싹트는 모습을 보여주고 있는 것이다.

　사랑은 오는 것이며, 사랑은 가는 것이다. 이 사랑의

오고 감은 싸움이 되고, 이 싸움(상처) 속에서 새로운 생명이 탄생한다.

사랑의 옴은 외마디 느낌표처럼, 또는 천둥번개처럼 새로운 탄생의 힘이 되고, 사랑의 감은 굽어진 물음표처럼, 또는 쓰나미처럼 낡은 세대의 소멸의 힘이 된다. 사랑한다는 것은 꽃이 핀다는 것이며, 꽃이 핀다는 것은 사랑이 소멸한다는 것이다.

사랑의 생성과 소멸—. 하지만, 그러나 이 싸움에서 영원히 살아 남는 것이 있다면 그것은 사랑이라고 할 수가 있는 것이다. 사랑은 생성과 소멸 사이를 왕복운동하고 있는 것이며, 이 왕복운동 속에서 수많은 생명체들이 나타났다가 사라져 가는 것이다. 개체는 유한하지만, 사랑은 영원하다. 사랑이 아니면 시인이 존재할 수 없지만, 그러나 시인이 아니면 이 사랑의 진리를 깨달을 수가 없다.

이영순 시인의「사랑은」은 더없이 감미롭고 부드러운 리듬과 사랑의 생성과 소멸의 본질을 더없이 깊이 있게 천착한 것은 물론, 만인들의 애송시로서 그 품격에 걸맞는 아름다운 우리 말로 씌어져 있다고 할 수가 있다. 시인의 언어는 생명의 언어이며, 이 생명의 언어

는 시인의 영광과 함께, 우리 한국어의 영광으로 살아
있지 않으면 안 된다.

아름답고 순수한 우리 말과 리듬(운율)과 사상(내
용)—. 이 삼박자를 다 갖추었다는 것은 이영순 시인
이 진정한 시인으로서의 그 월계관을 썼다는 것과도
같다.

사랑은 종의 보존과 증진의 제일급의 힘이며, 이 세
상에서 사랑처럼 고귀하고 위대한 것은 없다.

오늘도 사랑과 사랑이 고추잠자리처럼 혼인비행을
하며, 그 황홀함의 절정에서 수많은 생명체들을 탄생
시킨다.

아아, 이 사랑의 절정, 이 아름다운 혼인비행 앞에서
그 어느 누가 고추잠자리채를 들이댈 것이란 말인가?

사랑은 언제, 어느 때나 키가 크고 건강하고, 모든
천재지변과 그 풍파마저도 헤쳐나갈 준비가 되어 있
다.

사랑은 죽음의 신의 맏형님이자 천지창조주와도 같
다.

길상호
강아지풀

지난 세월 잘도 견뎌냈구나
말복 지나 처서 되어 털갈이 시작하던
강아지풀, 제대로 짖어 보지도 못하고
벙어리마냥 혼자 흔들리며 잘도 버텨냈구나
외딴 폐가 들러 주는 사람도 없고
한 움큼 빠져 그나마 먼지 푸석한 털
누가 한 번 보듬어 주랴, 눈길이나 주랴
슬픔은 슬픔대로 혼자 짊어지고
기쁨은 기쁨대로 혼자 웃어넘길 일
무리 지어 휘몰려 가는 바람 속에
그저 단단히 뿌리박을 뿐, 너에게는
꽃다운 꽃도 없구나
끌어올릴 꿈도 이제 없구나
지금은 지붕마다 하얗게 눈이 내리고
처마 끝 줄줄이 고드름 자라는 계절

빈집에는 세월도 잠깐 쉬고 있는 듯
아무런 기척 없는데 너희만 서로
얼굴 비비며 마음 다독이고 있구나
언 날이 있으면 풀릴 날도 있다고
말없이 눈짓으로 이야기하고 있구나
어느새 눈은 꽃잎으로 떨어져
강아지풀, 모두 눈꽃이 된다

◫

　초등학교 때 우등상장이 자그만 상점의 노예문서가 되었던 강아지풀, 천신만고 끝에 문인으로서의 등단 소식이 사랑했던 여인과의 이별 소식이 되었던 강아지풀, 한국문학사상 최초로 사상과 이론을 정립했지만, 그의 유일한 젖줄이었던 패거리로부터 파문을 당할 수밖에 없었던 강아지풀, 『애지』를 창간하고 『애지』를 통해서 '홀로서기'를 이룩했지만, 그의 회갑 잔칫상을 걸어차고 교회에 가버린 아내 때문에 몹시 괴로워했던 강아지풀, 민족시조인 단군의 목을 비틀고 오천 년의 역사와 전통을 부인하는 기독교인들의 너무나도 뻔뻔스럽고 파렴치한 만행 때문에 두 눈을 감을 수도 없는 강아지풀, 미군이 남한을 강점하고 식민지배를 한지 70여 년이 지났어도 자주 독립은커녕, 세계적인 강도집단인 미군의 바지가랑이를 붙잡고 늘어지는 노예민족의 후손인 강아지풀―. 요컨대 대한민국에서 제 정신

을 갖고 살아간다 것은 상을 받아야 할 때 벌을 받아야
만 하는 일이기도 했던 것이다.

　대한민국 전체가 폐가이고, 참으로 "지난 세월 잘
도 견뎌"왔다. '주입식 암기교육―표절―대사기꾼 탄
생'이라고 말하면 아내도 싫어하고, 딸도 싫어한다. 아
우도 싫어하고 형님도 싫어한다. "애지는 지혜사랑이
고, 이 지혜사랑을 통하여 우리 한국인들의 백만 두뇌
를 양성하고, 사상가와 예술가의 민족이 되어야 한다"
고 말하면 우리 학자들도 싫어하고 우리 정치인들도 싫
어한다. 이 세계에서 도덕적으로 가장 우수한 민족은
유태인이고, 이 유태인들이 "노벨경제학상 65%, 노벨
의학상 23%, 노벨물리학상 22%, 노벨화학상 11%, 노
벨문학상 7%를 수상하고 전 세계를 지배하고 있다"고
말하면 우리 재벌들도 싫어하고, 우리 개그맨들도 싫
어한다. 요컨대 대한민국에서 강아지풀(시인―학자)이
강아지풀로서 인정받는다는 것은 애시당초 꿈도 꾸지
말아야 하는 것이다.

　　슬픔은 슬픔대로 혼자 짊어지고
　　기쁨은 기쁨대로 혼자 웃어넘길 일

무리 지어 휘몰려 가는 바람 속에

그저 단단히 뿌리박을 뿐, 너에게는

꽃다운 꽃도 없구나

끌어올릴 꿈도 이제 없구나

하지만, 그러나 강아지풀은 강아지풀이고, 시인은
시인이다. 시인의 외로움은 행복일 수도 있고, 불행
일 수도 있다. 외로운 삶은 꽃다운 꽃도 없는 삶이지
만, 그러나 그 외로운 삶은 '사상의 꽃'으로 피어난다.

어차피 혼자 왔다가 혼자 가는 길, 이 세상에서 외롭
지 않은 사람이 어디 있겠는가?

나는 고독한 인간이 되었다. 아니, 그들의 말을 빌리
면 반사회적인, 그리고 그들이 싫어하는 사람이 되었다.
배반과 증오만을 양식으로 삼고 있는 사악한 인간 사회
보다, 아무리 쓸쓸한 고독 속에 빠져들지라도 나에게는
그쪽(은둔)이 바람직하게 여겨졌던 것이다(장 자크 루소,
『고독한 산보자의 꿈』).

우리 학자들의 말을 듣다보면, 그들은 모두가 다같

이 나보다 더 똑똑하고, 나보다 더 많은 지식을 가졌고, 나보다 더 성실하게 학문연구를 하는 사람들 뿐이었다. 우리 학자들이야말로 앎과 행동이 일치하는 세계적인 석학들이었지만, 그러나 그들은 모두가 다같이 사상과 이론이 무엇인지도 모르는 판단력의 어릿광대들에 지나지 않았다.

거짓말이 우리 학자들의 주특기이며, 표절이 근본목표이고, 사기는 우리 학자들의 붉디 붉은 피와도 같다.

아아, '주입식 암기교육−표절−대사기꾼의 탄생!'

이 천지창조와도 같은 대위업이 우리 학자들의 크나큰 자랑이기도 했던 것이다.

김군길
詩가 사는 행성

나는 누구인가
나는 별이다* 천공을 질주하는 하나뿐인 행성이다

행성의 일생이란 詩라는 별의 주위를 공전하는 전율의 질주다

늘 나를 향해 손을 내미는 풀잎들, 바람결들, 모든 숨 쉬는 것들
아무리 삭막한 천체에서도 나의 시간은 포효咆哮한다
홀로라는 존재를 손잡아 확인해야하므로

언젠가 행성의 기름이 떨어져 먼 은하에 불시착할 때까지 모두는 제가 품은 시를 향해 즐거이 자전하는 것이다

스스로 빛의 궤도를 이루어

서로가 별이 되는 것이다

* 나는 별이다 : '헤르만 헤세' 시 제목에서 차용.

나는 별이고, 천공을 질주하는 행성이며, 시라는 별의 주위를 공전한다. 나(행성)의 일생이란 시라는 별의 주위를 공전하는 것이지만, "늘 나를 향해 손을 내미는 풀잎들, 바람결들, 모든 숨 쉬는 것들"과 손을 잡고 있지 않으면 안 된다. 이때에, "풀잎들, 바람결들, 모든 숨 쉬는 것들"은 모든 생명들의 총체이며, 또다른 타자들이다.

　　나도 별이고, 너도 별이고, 우리 모두는 별이다.

　　시는 우주의 중심이며, 우리 모두는 시를 중심으로 공전하는 별이다. 밤 하늘에는 수없이 많은 별들이 있고, 시를 향하여 자전과 공전을 하고 있다는 것이 김군길 시인의 가장 핵심적인 전언인 셈이다.

　　시란 무엇일까? 시는 삶의 목표이며, 우리 인간들의 이상낙원이다. 개인의 자유와 사랑이 살고 있고, 만인들의 평등과 평화가 살고 있다. 사시사철 젖과 꿀이 흘러 넘치고, 어느 누구 하나 거짓말을 하거나 사악한 생각을 하지도 않는다.

시는 생명이며, 영혼이며, 행복에의 약속이다.

우리는 오늘도 시라는 별의 주위를 공전하고, "언젠가 행성의 기름이 떨어져 먼 은하에 불시착할 때까지" "제가 품은 시를 향해" 즐겁게 "자전"을 하고 있는 것이다.

너도 시의 별이 되고, 나도 시의 별이 되고, 우리들 모두는 서로가 서로의 별이 되는 것이다.

김군길 시인은 「시가 사는 행성」의 창조주이며, 우리 인간들의 행복의 연주자라고 하지 않을 수가 없다.

정희성

답청踏青

풀을 밟아라
들녘엔 매맞은 풀 맞을수록 시퍼런
봄이 온다.
봄은 와도 우리가 이룰 수 없어
봄은 스스로 풀밭을 이루었다.
이 나라의 어두운 아희들아
풀을 밟아라.
밟으면 밟을수록 푸른 풀을 밟아라.

시는 우주이며, 대자연이고, 우리 인간들의 이상낙원이다. 시는 생명이고, 영혼이며, 행복에의 약속이다. 태초에 시가 있었고, 시에 의하여 모든 만물이 탄생했다. 시는 삶의 목적이지 수단이 아니다. 우리가 밥을 먹고, 돈을 벌고, 사랑을 하며 사는 것은 시를 쓰기 위한 한낱 수단에 지나지 않는다. 따라서 돈과 명예와 권력을 위해서 시를 쓰는 사람은 본말이 전도된 불구자이며, 결코 진정한 시인이 될 수가 없다.

시는 더없이 맑고 순수한 것이며, 진실이 없으면 살수가 없다. 진실이란 나를 버리고 만인들의 행복을 위하여 노력하지 않으면 얻을 수가 없는 것이다. 시는 진실이고, 모든 삶은 이 진실을 얻기 위한 과정에 지나지 않는다. 돈에도 위선의 냄새가 배어 있고, 명예에도 위선의 냄새가 배어 있고, 권력에도 위선의 냄새가배어 있다. 이 위선자들이 진실의 탈을 쓰고 삶을 위협

할 때, 우리는 이 위선자들과 싸우지 않으면 안 된다.

> 풀을 밟아라
> 들녘엔 매맞은 풀 맞을수록 시퍼런
> 봄이 온다.

시를 쓴다는 것은 만인들의 행복을 위하여 매를 맞는다는 것이며, 매를 맞는다는 것은 외부의 침략자나 위선자들에게 짓밟힌다는 것이다. 온몸으로, 온몸으로 매를 맞고, 밟히면 밟힐수록 더욱더 푸른 풀의 생명력이 바로 시인의 생명력이기도 한 것이다.

풀은 한국의 역사이고, 풀은 한국의 전통이다. 풀을 밟으라는 것은 역사와 전통을 더욱더 소중히 가꾸라는 것이고, "봄은 와도 우리가 이룰 수 없어/ 봄은 스스로 풀밭을 이루었다"는 것은 제아무리 짓밟혀도 우리의 역사와 전통은 더욱더 푸르러지고 빛날 것이다라는 정희성 시인의 전언이기도 한 것이다.

하루바삐 주입식 암기교육을 뿌리뽑아야 봄이 온다.

하루바삐 미군을 철수시켜야 봄이 온다.

이 나라의 어두운 아희들아,

너희들은 너희들의 아버지와 스승과 고관대작들의 좃대가리를 잘라버리고 예수의 목을 비틀지 않으면 안 된단다.

천상병
귀천

나 하늘로 돌아가리라.
새벽빛 와 닿으면 스러지는
이슬 더불어 손에 손을 잡고,
나 하늘로 돌아가리라.
노을빛 함께 단둘이서
기슭에서 놀다가 구름 손짓하며는,
나 하늘로 돌아가리라.
아름다운 이 세상 소풍 끝내는 날,
가서, 아름다웠더라고 말하리라……

고귀하고 위대한 낙천주의자의 삶—, 이것이 나의 인생의 목표이며, 행복에의 길이다. 나는 더럽고 추한 것과 싸우고, 또, 싸우고자 한다. 나는 그 자체로 완결되어 있는 것 같고, 아름다움 그 자체일지라도, 그 아름다움에 험집을 내고, 또, 험집을 내는 비판철학자의 길을 가고자 한다. 나는 한국적인 것이 세계적인 것으로 거듭날 때까지 비판을 하고, 또, 비판을 할 것이다.

　나는 이 세상의 삶을 끊임없이 옹호하고 찬양하는 낙천주의 사상가이며, 오늘도, 지금 이 순간에도 '지혜의 숲'을 거닐면서 이 세상의 소풍을 즐기고자 한다.

　지혜는 밥이고, 술이고, 지혜는 아내이고, 애인이고, 지혜는 노래이고, 춤이고, 그 모든 것이다. 나는 이 세상에서 가장 큰 새인 지혜가 되어 빛보다 더 빠른 속도로 이 세상의 소풍을 즐기고자 한다.

　나의 낙천주의 사상은 무한히 넓고 크며, 수천 억 개의 별들을 거느리고 있다.

최서림

붉은 비애

그의 시에는 동면에 들지 못한 뱀의
눈빛 같은 십일월의 비가 내린다.
금 안에도 금 밖에도 속하지 못한
망명객 같은 초로의 사내가
칙칙한 외투를 입고 있다.
잿빛 거리를 내다보며 담배연기를
한숨에 실어 길게 내뿜고 있다.
그의 시에는 숨 막히는 역사 안에서
패배한 자의 신음 같은 게 배어나온다.
바람이 들어 구멍이 숭숭 뚫린 무 같은 生,
그의 시에는 진실을 말하고도
버림받은 자의 비애가 붉게 녹슬어 있다.

최서림 시인의 「붉은 비애」는 동면에 들지 못한 뱀의 비애이며, 이 뱀의 눈물처럼 십일월의 비가 내린다. 비애는 슬픔이 되고, 슬픔은 붉디 붉은 피가 된다. 동면에 들지 못한 뱀은 망명객같은 초로의 사내가 되고, 이 세상 그 어디에도 살 곳이 없는 그의 운명은 우수수 떨어지는 낙엽과도 같다.

　진실이란 무엇인가? 진실이란 참된 것이지만, 때로는 이 참된 것이 너무나도 무섭고 끔찍한 재앙이 될 수도 있다. 진실과 허위는 무서운 원수형제이며, 때로는 진실의 연출자도 그 진위를 구분하지 못할 수도 있다. 진실이 허위의 목을 비틀어버리면 허위가 진실의 등 뒤에서 비수를 들이댄다. 허위가 진실의 탈을 쓰고 진실의 이름으로 진실을 단죄하면, 진실이 허위의 탈을 쓰고, 허위의 이름으로 허위를 추방해버린다.

　가령, 예컨대, '주입식 암기교육─표절─대사기꾼의

탄생'이라는 말은 나밖에 쓸 수 없다. 독서중심의 글쓰기 교육을 하면 세계적인 대사상가와 대작가들을 배출해내고 고급문화인이 될 수가 있지만, 주입식 암기교육을 하면 모조리 표절자가 되고 세계적인 사기꾼이 될 수밖에 없다. 하지만, 그러나, 우리 한국인들은 모조리 주입식 암기교육을 받았고, 그 결과, 세계적인 사기꾼 민족이 될 수밖에 없었다. 날이면 날마다 세계적인 망신거리를 양산해내고, 날이면 날마다 노예민족으로서의 그 모든 조롱과 수모를 다 당하고 있다.

진정한 학자와 표절 학자와의 싸움에서 표절 학자가 승리를 하면 진정한 학자는 설 땅이 없어진다. 진정한 시인과 표절 시인과의 싸움에서 표절 시인이 승리를 하면 진정한 시인은 설 땅이 없어진다. 그는 한국인이면서도 한국인이 아니고, 그는 한국인이 아니면서도 한국인이다. 갈릴레이 갈릴레오, 조르다노 브루노, 니체, 쇼펜하우어, 반고흐, 폴고갱, 보들레르, 랭보 등—, 이상을 받아야 할 때 꼭 벌을 받은 사람들은 "바람이 들어 구멍이 숭숭 뚫린 무 같은" 사람들이며, 붉디 붉은 비애로 그 생을 마감할 수밖에 없었던 것이다.

붉디 붉은 비애—.

나는 이 붉디 붉은 비애의 이름으로, '주입식 암기
교육─표절─대사기꾼의 탄생'이라는 이 저주의 사슬
을 끊어버리고, 우리 한국인들을 너무나도 자랑스러
운 '사상가와 예술가의 민족'으로 육성해내고자 했던
것이다.

김환식
그의 하루는 지난했다

퇴근 준비를 하는데
또 전화가 왔다
바로 갈 거야?
그래!
나는 늘 그랬다
그게 습관이다
그런데, 그는
퇴근 시간만 되면
날마다 좌불안석이다
세상에서
가장 편한 집으로
돌아가는 일상을
그는 늘 두렵고 초초해 하는 것이다
안타깝다
빌딩의 그림자가

그를 밟고 설 때마다

그의 하루는 더 적막하고

지난해 졌다

집은 휴식처이자 삶의 의지가 자라나는 곳이고, 회사는 일터이자 그의 휴식을 보장해주는 것이다. 집이 없으면 꿈을 꿀 수가 없고, 회사가 없으면 그의 꿈을 실현할 수가 없다. 집이 없으면 삶의 행복을 연주할 수가 없고, 회사(일터)가 없으면 삶의 행복을 제공해줄 수가 없다.

일과 휴식도 다같이 소중하고, 꿈과 꿈의 실천도 다같이 소중하다.

김환식 시인의 「그의 하루는 지난했다」는 이 일과 휴식, 꿈과 꿈의 실천의 균형이 무너진 것을 노래한 시이며, 시적 화자가 아주 어렵고 난처한 처지에 몰려 있다는 사실을 증명해준다. 퇴근 시간이 다가올 때마다 곧바로 집으로 가야한다는 내가 있고, 퇴근 시간이 다가올 때마다 좌불안석, 즉, 집으로 돌아가고 싶지 않다는 내가 있다.

왜, 무엇 때문에, "세상에서/ 가장 편한 집으로/ 돌아가는" 것을 시적 화자는 그렇게 두려워하게 된 것일까? 첫 번째는 가화만사성의 꿈이 깨진 것이고, 두 번째는 가화만사성의 꿈이 깨진 자리에서 그의 불행이 자라나고 있기 때문이다. 그것은 가장으로서, 아버지로서, 남편으로서 의무만 있지, 권리가 없다는 사실 때문일 수도 있고, 그것은 또한, 가장으로서, 아버지로서, 남편으로서 온갖 타도와 비난의 대상일 뿐이지, 그 어떠한 권위도 없다는 사실 때문일 수도 있다. 아내의 외도와 딸아이의 탈선 때문일 수도 있고, 사고뭉치의 아들과 경제적인 어려움 때문일 수도 있다.

가정이 화목하면 판잣집에서도 이야기의 꽃이 피어나지만, 가정이 화목하지 못하면 대저택에서도 좌불안석의 꽃이 피어난다.

민주주의 사회와 자본주의 사회는 가장의 권위가 무너진 사회이고, 더욱더 나이가 들고 은퇴할 때가 되면, 자살을, 죽음을, 최후의 안식처로 생각하게 된다.

좌불안석의 꽃이 피면, 그의 하루는 지난하고, 또, 지난해진다.

현상연
도시의 인어

폐타이어를 입고
물고기처럼 헤엄쳐가는 사내

폐타이어 속 숨은 다리가
화엄의 길 따라 헤엄치고
불규칙하게 흘러나오는 노래는 장바닥을 적신다
낡은 노래방 기계에 의지해 밥을 먹는 남자,

검은 타이어가 출렁일 때마다
파도를 타고 앞으로 나간다
사내는 파랑의 한 가운데 서기도 하며
꼬리가 해안 끝에 닿을 무렵,
동정의 시선이 쏟아지고
하루의 생계는 살이 오른다

밀고 가는 행상이 길어질수록

차오르는 플라스틱 바구니,

애처롭게 흐르는 가락에 행인의 발걸음 멈추고

던져지는 동전 한 닢 적선이 끝나자

일주문을 나서듯

봉고차를 타고 사라지는 도시의 인어

— 『불교문예』, 2017년 가을호에서

📖

고대 그리스 철학자인 탈레스는 '철학자는 모든 것을 다 할 수가 있다'라고 말한 바가 있었다. 이 만능의 척도는 지식이며, 지식을 가진 자는 모든 것을 다할 수가 있는 것이다. 현대는 자본주의 사회이며, 자본주의 사회는 돈이 최고인 사회이다. 아는 자는 생산의 주체가 되기도 하고, 아는 자는 판매의 주체가 되기도 하고, 아는 자는 소비의 주체가 되기도 한다. 아는 자가 생산과 판매와 소비라는 모든 과정을 전면적으로 장악하고, 그토록 소중하고 고귀한 돈을 다 움켜쥐게 된다. 앎은 돈을 생산해내고, 돈은 앎을 생산해낸다.

자본주의 사회에서 자본의 법칙에 따라 살아가는 모든 사람들은 이 생산과 판매와 소비라는 유통과정을 빠져나갈 수가 없다. 이 유통과정은 닫힌 체계이며, 개, 개인에게는 저마다의 자유와 독창성이 있어보일지라도 더욱더 넓게 바라보면, 그는 한평생 강제노역에 시달리는 시지프스와도 같다고 하지 않을 수가 없다. 나도 상품이 되고, 당신도 상품이 된다. 앎도 상품이 되고, 무지도 상품이 된다. 건강도 상품이 되고, 장애도 상품이 된다. 아내도 상품이 되고, 아들도 상품이 된다. 연애도 상품이 되고, 이혼도 상품이 된다. 산다는 것은 생산과 판매와 소비라는 유통과정 속을 '도시의 인어'처럼 헤엄쳐 다닌다는 것이 되고, 죽는다는 것은 더 이상 그가 상품으로서의 가치를 상실했다는 것이 된다.

폐타이어를 입고 물고기처럼 헤엄쳐 가는 사내, 폐타이어 속 숨은 다리가 화엄의 길을 따라 헤엄을 치고 낡은 노래방 기계에 의해 밥을 먹는 사내, 검은 타이어가 출렁일 때마다 파도를 타고 앞으로 나아가며 파랑의 한가운데 서기도 하는 사내, 꼬리가 닿을 무렵 동정의 시선이 쏟아지고 하루의 생계에 살이 오르기도 하던 사내, 장터에서 밀고 나가는 행상이 길어질수록 플라스틱 바구니는 가득차 오르지만, 그러나 장터에서의 구걸 행위가 끝나자마자, "일주문을 나서듯/ 봉고차를 타고 사라지는" 사내 역시도 자본주의 사회의 노예에 지나지 않는다. 장애인은 생존의 위기에 몰려 있는 사람이며, 이 생존의 위기에 몰려 있는 사람은 동정심을 유발시킨다. 불쌍하다는 것, 우리가 도와주지 않으면 안 된다는 것이 그것이지만, 그러나 자본주의 사회에서는 이 동정심마저도 상품이 되고 있는 것이다.

동정심은 최고의 상품이 되고, 도시의 인어는 장사꾼이 되고, 폐타이어와 낡은 노래방 기계는 그 상품을 선전하는 도구가 된다. 동정으로 화엄을 외치고, 동정으로 노래를 부르며, 동정으로 수입을 올린다. 도시의 인어의 특징은 얼굴이 두껍고 수치심이 없다는 것이다. 불구의 몸에서 동정심이 솟아나오고, 동정심이 황금알을 낳는 최고의 상품이 된다.

시인의 촉수는 비판의 촉수이며, 이 비판의 촉수가 없으면 그는 어떤 시도 쓸 수가 없다. 자기 자신의 몸과 마음을 청결히 하고 앎과 행동을 일치시켜나갈 때, 바로 그때만이 비판의 힘이 생겨난다.

도시의 인어는 대사기꾼이고, 대악당이며, 자본주의 사회의 노예에 지나지 않는다.

현상연 시인의 「도시의 인어」는 동정심을 최고의 상품으로 판매하는 장애인을 고발하는 시이며, 최고급의 풍자시에 해당된다.

강서연

벌레집에 세 들다

백아산 골짜기 송이버섯 같은 집 한 채

갓 지붕 너머 낮달에서는 짙은 놋그릇 냄새

녹음이 벽지를 겹쳐 바른 이곳이 애초 벌레들의 집
이었다니

그들은 날개가 있고 나는 없으니

그들에게 있는 것이 내게는 없었으니

무엇을 담보로 한 계절 묵어갈까 궁리하고 있는데

도랑물 수시로 쌀 씻어 안치는 소리에 문득

내가 당신을 이토록 사랑했었다니, 견딜 수 없이 배
가 고파온다

초저녁 비는 자귀꽃잎 사이사이를 적시고

벌레 먹은 배춧잎에 쌀밥 얹고 된장 한 숟갈 얹으면

그러니까 내가 사랑했던 당신을 데리고

붉은 지네 한 마리 기어 나온다

누가 이 늦은 밤에 싸릿대 질끈 묶어 마당을 쓰는가

잊어야 산다 잊어야 산다 뻐꾸기도 잠든 밤

주민세와 인터넷 사용료는 내가 낼 테니

전기세는 반딧불이와 정산하시게나

흙 속 어디에 길이 있어 마당을 저리 촘촘 가로지
르는지

재산세는 망초바랭이명아주쇠뜨기괴싱아 푸른 잎으
로 받으시고

그도 저도 난감하면 이장님 같은 산 그림자에게 물
리시게

소득세니 물세는 저 들이 알아서 내지 않겠는가

주세도 내가 낼 테니 이리 와서 술이나 한 잔 받으
시게

밤마다 날은 새고, 청개구리들 빈 신발 떠메고 어디
까지 가려는지

우리 수일 밤을 그리 동침했으니

도란도란 슬어놓은 알들이 깨어 날 찾거든

칠월 한낮 우주의 가마솥이 펄펄 끓어 넘쳐서

이번 생은 그냥 지나가는 길이니

애써 설명할 필요 없을 것이네

— 강서연 시집, 『가로수 마네킹』에서

백아산 골짜기에는 송이버섯과도 같은 집 한 채가 있고, 갓 지붕 너머 낮달에서는 짙은 놋그릇 냄새가 난다. 푸르디 푸른 녹음이 벽지처럼 겹쳐져 있고, 그 집은 애초부터 벌레들의 집─빈집, 또는 폐가─이었던 모양이다. 이제 벌레들은 우화등선의 날개가 돋아나 날아갔고, 나는 날개가 없으니 어떻게 이 집에서 날개를 얻어서 날아갈 수 있을까가 몹시 걱정이 되었던 것이다. 송이버섯과도 같은 집은 오지 중의 오지 속의 집이며, 어쩌면 사람이 살 수 있는 집이 아니었던 것인지도 모른다. 시적 화자는 이 세상에서 크나큰 상처를 입고 버림을 받은 사람이며, 그 상처를 치유하고자 그 빈집을 찾아갔던 것이고, 어떻게 날개를 얻어 그 집을 떠나갈 수 있을까를 궁리하다가 보니, 마치 기적처럼, "도랑물 수시로 쌀 씻어 안치는 소리에 문득" 배가 고파왔던 것이다. "내가 당신을 이토록 사랑했었다니"의 당신은 벌레이고, 이 벌레는 자연인(혹은 남편)의 삶을 뜻한다.

초저녁 비는 자귀꽃잎 사이사이를 적시고, 시적 화자는 "벌레 먹은 배춧잎에 쌀밥 얹고 된장"을 찍어 밥을 먹는다. 그때, "내가 사랑했던 당신을 데리고/ 붉은 지네 한 마리가 기어 나온다." 붉은 지네는 절지동물이고 독이 있지만, 이 붉은 지네는 중풍과 백일해와 간질과 결핵 등의 치료에 좋다고 한다. 하지만, 그러나 이 시에서 붉은 지네는 내가 사랑했던 당신을 뜻하고, 붉은 지네의 기어가는 모습이 마치 싸리비로 마당을 쓰는 당신의 모습처럼 보인다. "잊어야 산다 잊어야 산다"고 "뻐꾸기도 잠든 밤"이지만, 그러나 내가 사랑했던 당신은 아직도 여전히 나와 함께 살고 있는 것이다.

강서연 시인의 「벌레집에 세 들다」는 당신과 나와의 대화이며, 가장 아름답고 뛰어난 '진정제 효과'의 진수라고 할 수가 있다. 내가 사랑했던 당신은 붉은 지네가 되고, 당신이 사랑했던 나는 그 부인이 된다. 주민세와 인터넷 사용료는 당신이 낸다고 하고, 전기세는 반딧불이와 정산하라고 한다. 재산세는 "망초 바랭이 명아주 쇠뜨기 괴싱아 푸른 잎으로" 내고, "그도 저도 난감하면 이장님 같은 산 그림자에게 물리"라고 한다. "소득세니 물세는 저 들(들판)이 알아서" 낼 것이고, "주세"는 당신이 낸다고 한다(지네술). 밤마다 날은 새고, 청개구리는 내가 갈 곳을 알려준다. 백아산 골짜기가 내 집이고, 정원이며, 이상적인 낙원이다. 요컨대 내가 사랑했던 당신이 있는 한 그 어떤 근심 걱정도 없고, 날이면 날마다 행복이 송이버섯처럼 자라난다.

"우리 수일 밤을 그리 동침했으니/ 도란도란 슬어놓은 알들이 깨어 날 찾거든/ 칠월 한낮 우주의 가마솥이 펄펄 끓어 넘쳐서/ 이번 생은 그냥 지나가는 길이니/ 애써 설명할 필요"가 없다고 한다. 도대체 강서연 시인의 「벌레집에 세 들다」의 마지막 연은 무엇을 뜻하고 있는 것일까? "도란도란 슬어놓은 알들"은 자식들의 운명을 말하고, "칠월 한낮 우주의 가마솥이 펄펄 끓어 넘쳐서/ 이번 생은 그냥 지나가는 길이니/ 애써 설명할 필요"가 없다는 것은 한방 약재의 붉은 지네의 운명처럼, 우리들의 삶 자체가 이미 그 소임을 다했다는 것을 뜻한다. 우리는 이 세상의 주인이고 손님이다. 노자나 장자처럼 자연인의 삶을 살면 천하가 다 내 것이고, 노자나 장자처럼 자연인의 죽음을 죽으면 이 세상의 손님이 된다.

벌레집은 내 집이며, 궁전이고, 벌레집은 셋집이고, 내가 하늘나라로 승천할 수 있는 성소聖所이다. 우리는 헤어졌어도 우리이고, 우리는 함께 살아도 우리이다. 사랑은 국경도 없고, 사랑은 삶과 죽음도 없다. 사랑은 모든 상처들을 다 치료해주고, 사랑은 만병통치약이다. 사랑은 성과 속을 초월하고, 사랑은 언제, 어느 때나 행복을 연주한다.

강서연 시인의 「벌레집에 세 들다」는 이 세상에서 상처를 입고 버림을 받은 사람들을 위한 천하제일의 명시라고 할 수가 있다.

김지명
어쩌다 미어캣

조심은 태초에 파수병이었다 실패한 파수병이었다

해바라기로 서서 병정놀이를 한다 멀리서 달려오는
당신 신발이 미끄러지지 않도록 침묵의 하얀 천을 깔고
웃음조차 달아난 각이 서는 아침 쪽으로 서서

꼭 그래야만 하는 교리가 있는 것도 아닌데 조심은
병정놀이를 한다 폭식의 근성으로 있는 힘을 다하여 목
구멍을 채우도록 여기 보세요 당신이 낳은 짐승이에요
간절한 눈빛이 살아있는 쪽에서

비가 와서 하루쯤 걸러도 되지만 조심은 병정놀이를
한다 작은 조심들이 배가 고플까봐 어제 받지 못한 답
을 들을까봐 엄마 마음으로 발을 움켜쥐고 서서 아빠
자세로 꼿꼿이 서서 벽이 없는 사육장 쪽에서

그림자조차 보이지 않는데 병정놀이를 한다 천리 너머 먹구름 위를 걷는 당신의 양말 냄새에 코를 박고 떼를 쓴다 내 고향은 어디냐고 내 집은 왜 땅굴이냐고

　그럼에도 믿는다고 병정놀이를 한다 믿음이 뿌리내려 모스크 지붕을 올렸다 뿌리가 칭칭 감아올라 지붕은 호흡이 곤란하다 아교질처럼 끈적한 믿음은 얼마나 물성이 깊은가

　조마조마 병정놀이를 한다 불안이 조심을 공중으로 들어올리고 조심은 불안을 타고 내려와 공기보다 가볍게 다른 공중으로 엉덩이를 이동 한다 노을이 흩어지는 사원 저쪽으로

　큰 바위가 울어 모래알로 부서져 내릴 동안 천사 소리인지 악마 소리인지 모를 당신 말씀을 내버렸던 쪽으로 서서

　―『애지』, 2017년 봄호에서

'어쩌다'라는 부사어는 수동적인 말이며, 하나의 우연적인 사건들을 지시하고 있다고 할 수가 있다. 어쩌다가 일이 그렇게 되었을까는 부정적인 사건을 뜻하고, 어쩌다가 일이 잘 되었다는 것은 긍정적인 사건을 뜻한다. 어쩌다가 일이 잘못 될 수도 있고, 어쩌다가 일이 잘 될 수도 있지만, 그러나 이 어쩌다가 지시하는 운명의 주인공은 다만, 수동적이며, 몰주체적인 운명의 주인공일 수밖에 없는 것이다. 어쩌다가는 신의 쳇바퀴이며, 운명이고, 우리는 이 어쩌다가의 운명을 살수밖에 없는 병정일는지도 모른다.

만일, 이 '어쩌다'가 없었다면 나는 나의 운명의 주인공이 되고, 나는 시간과 공간을 초월하여 영원불멸의 삶을 살게 되었을는지도 모른다. 나는 이 '어쩌다'가를 몰아낼 힘으로 천지를 창조하고, 그 모든 동식물들을 나의 부하 겸 장식물들로 삼고, 이 세상에서 가장 아름답고 행복한 삶을 살고 있었을는지도 모른다.

하지만, 그러나 김지명 시인의 「어쩌다가 미어캣」은 탄식이고, 비명이며, 사회적 약자로서의 피 맺힌 절규라고 하지 않을 수가 없다. 어쩌다가 포유동물 중 가장 나약한 동물로 태어났고, 어쩌다가 조심으로 병정놀이를 하고, 어쩌다가 불안에 사로잡혀서 "벽이 없는 사육장" 속에서 살아가게 되었던 것일까? "그림자조차 보이지 않는데 병정놀이를 한다"는 것은 뼛속까지 "실패한 파수병이었다"는 것을 뜻하고, "천리 너머 먹구름 위를 걷는 당신의 양말 냄새에 코를 박고 떼를 쓴다 내 고향은 어디냐고 내 집은 왜 땅굴이냐고"의 시구는 자기 자신의 정체성에 대한 회의가 또한 뼛속까지 각인되어 있다는 것을 뜻한다. 왜, 나는 하늘을 높이 높이 날아다니는 독수리가 아니고, 왜, 나는 뱀들 중의 뱀인 코브라가 아닐까? 왜, 나는 벌꿀오소리가 아니고, 왜, 나는 하이에나가 아닐까? 이 세상에는 선택할 수 있는 것과 선택할 수 없는 것이 있다. 운명이 바로 그것이며, 이 운명을 선택할 수가 있다면, 이 세상의 먹이사슬 체계는 무너지고, 그 어떤 생명체도 살아갈 수가 없을 것이다.

"천리 너머 먹구름 위를 걷는 당신의 양말 냄새에 코를 박고 떼를 쓴다 내 고향은 어디냐고 내 집은 왜 땅굴이냐고"의 시구는 당신, 즉, 조물주에 대한 원망이기는 하지만, 그러나 이 원망은 그 원망의 극단까지는 올라서지 못한다. 왜냐하면, 비록, '조심의 파수병'으로서 '불안' 속에서 살고 있을지라도 이 세상의 삶이 죽음보다는 더 소중하기 때문이다. 당신에 대한 원망은 사회적 약자로서의 애정의 표현에 지나지 않으며, "그럼에도 믿는다고 병정놀이를 한다 믿음이 뿌리내려 모스크 지붕을 올렸다"라는 시구는 당신, 즉, 조물주가 없으면 살 수가 없다는 종교적인 신앙을 뜻한다. 신앙은 광신이 되고, 광신은 맹목이 된다. 신이 인간의 삶에 봉사하는 것이 아니라, 인간이 신의 명령에 복종한다. 그러니까 믿음의 뿌리가 칭칭 감아올라 모든 광신도들의 호흡이 곤란하게 된 것이다.

김지명 시인의 「어쩌다 미어캣」은 몽구스과에 속하는 포유동물을 통해서 사회적 약자로서의 절망감을 노래한 시라고 할 수가 있다. 자나깨나 조심으로 병정놀이를 하고, 자나깨나 조심으로 불안에 사로잡혀 어쩔 줄을 모른다. 불안이 조심을 공중으로 들어올리면 조심은 불안을 타고 내려와 공기보다 더 가볍게 엉덩이를 이동한다. 그야말로 우주적 차원의 병정놀이이지만, '어쩌다'의 운명에 붙잡힌 그대는 이 넓고 넓은 우주에서도 그 운명의 손아귀를 빠져나갈 수가 없다.

어쩌다는 힘이 세고, 어쩌다는 전지전능하다. 어쩌다는 조심의 병정놀이를 좋아하고, 어쩌다는 불안이라는 심리적 마술을 통해서, 당신의 몸과 영혼까지도 지배한다. 이 우주 자체가 거대한 사육장이고, 우리는 모두가 병정놀이를 하다가 죽는 광대들에 지나지 않는다. 이 우주에서 저 우주로 공기보다 더 가벼웁게 엉덩이를 옮겨보아도 아무런 소용이 없다.

김지명 시인의 「어쩌다 미어캣」은 사회적 약자에 대한 성찰의 소산이며, 최고급의 인식의 승리라고 할 수가 있다. '어쩌다'를 주제로 설정하고 '미어캣'을 주인공으로 삼은 것도 놀랍지만, 그 운명론을 심리적 차원에서 조심과 불안으로 연결시킨 것도 놀랍다고 하지 않을 수가 없다. 우리들의 인생은 병정놀이이지만, 사회적 약자로서의 병정놀이는 실패할 수밖에 없으며, 이 실패의 운명은 그 어느 누구도 빠져나갈 수가 없다.

이 세상에서 최고급의 명약이 있다면 그것은 명시

일 수밖에 없는 것이다. 왜냐하면 시는 가장 비참한 운명도 이처럼 아름답고 슬프게 미화시키고 있기 때문이다.

이서빈

口

저 조그만 네모 하나에 모든 목숨들이 다 빨려 들어간다.

먹다 · 굶다가 한통속으로 들어가거나 나간다, 밥먹고 욕먹고 일도
시켜 먹는다. 녹을 먹고 나라를 말아먹는다.

먹는 것 입 꾹 다물면 굶는 것도 끝난다.

때론 한 주먹거리도 안 되는 굴레를 쓰고 사람을 가두어 囚人이 되게도 하는 口. 하루의 끝이 꾸역꾸역 모여 잠을 볼모로 잡고 있는 口.

조금 먹은 놈은 도둑이라 하고 많이 먹은 놈 영웅이라 하는 저 口.

끝내 삼킨 것 다 뱉어내고 저 조그만 속 口로 들어가
꽝꽝 못질 당하는.

　살도 **뼈**도 수식어도 없는 막대기 네 개 저것 안에 4
주가 들어 있고
　4방이 들어있고 온갖 사연 다 들어 있어 죽음까지도
4망이라 한다면
　저 口는 모든 비밀 다 틀어쥐고 있는 것 아닌가.

　우리 모두 저 네모안에 들어가기 위해 오늘도 꽃도
새도 나비도 끊임없이 태어나 날고 있다.

　── 『애지』, 2017년 겨울호에서

입은 생명의 전제군주이며, 입에 의하여 그 주체자의 운명이 결정된다. 입이 살아 있으면 그의 삶은 상승 곡선을 타게 되고, 입이 힘을 잃으면 그의 삶은 하강 곡선을 타게 된다. 먹는 것과 굶는 것, 말하는 것과 말 못하는 것도 입에 의해서 결정되고, 좋은 자리에 앉는 것과 나쁜 자리에 앉는 것, 군중을 지배하는 것과 군중을 지배하지 못하는 것도 입에 의해서 결정된다. 타인들에게 손가락질을 당하는 것과 손가락질을 받지 않는 것, 건강한 것과 병든 것도 입에 의해서 결정되고, 좋은 옷을 입거나 나쁜 옷을 입는 것, 심지어는 사는 것이나 죽는 것도 입에 의해서 결정된다. 입, 입, 입口, 즉, "저 조그만 네모 하나에 모든 목숨들이 다 빨려 들어"가게 되어 있는 것이다.

이 세상의 모든 것은 입에 의해서 결정되며, 이 운명론은 이미 결정되어 있는 것이다. "저 조그만 네모 하나에 모든 목숨들이 다 빨려 들어간다"는 것은 절체절명의 정언명제이며, 그 어떠한 반박이나 이의제기도 불가능하다. 먹는 것과 굶는 것도 입 속의 일이고, 밥먹고 욕 먹고 일을 시켜먹는 것도 입 속의 일이다. 국가의 벼슬을 하거나 국가를 말아먹는 것도 입 속의 일이고, 그것이 싫어서 입을 다물면 모든 것이 다 끝난다. 때로는 한 주먹거리도 안 되는 굴레, 즉, 설화舌禍때문에 형무소에 가게 하는 것도 입 속의 일이고, 하루의 일과가 끝나면 잠을 자게 하는 것도 입 속의 일이다. 조금 먹은 놈을 도둑놈이라고 하는 것도 입 속의 일이고, 많이 먹은 놈을 영웅이라고 하는 것도 입 속의 일이고, 끝내 삼킨 것 다 뱉어내고 저 조그만 방(형무소)에 들어가게 하는 것도 입 속의 일이다. 형무소와 잠자는 곳으로서의 방은 입구口 자에 의해서 연상된 것이고, 조금 먹은 놈과 많이 먹은 놈은 유전무죄의 형벌의 행태를 뜻하고, 그리고, 끝끝내 모든 것을 다 뱉어내고 형무소에 갇히는 것은 너무나도 뻔뻔스럽고 파렴치한 범죄인들의 말로를 지시한다.

입에는 살도 뼈도 수식어도 없는 막대기 네 개, 즉, 사주四柱가 들어있고, 입에는 모든 곳(사방), 또는 우주가 들어있다. 입에는 온갖 사연들과 사망(4망)이 들어 있고, 입에는 모든 비밀들이란 비밀이 다 들어있다. 이때에 사주, 사방, 사망, 모든 비밀들은 사각형의 입 구口 자에 의해서 연상된 것이고, 이 유사성의 법칙들이 사주, 사방, 사망, 모든 비밀들의 계보를 이루며, 그 인접성을 띠게 된다. 우리는 모두가 다같이 "저 네모 안에 들어가기 위해 오늘도 "끊임없이 새로 태어나"고 있는 것인지도 모른다.

口는 우주이고, 우주는 네모이고 입이다.

이서빈 시인은 언어의 전제군주이며, 그의 언어에 의하여, 늘, 날마다 새로운 우주쇼가 펼쳐진다.

우현순

밥줄

아파트 꼭대기
아찔하게 걸린 외줄
한 사내가
엉덩이만 겨우 걸친 안전판 양 옆으로
페인트 통을 매달고 허공에 떠있다

구름 쳐다보다
눈이 침침해지고
붓질은 선을 자주 넘어 간다

외줄은 바람 보다 공포다

밥줄이 잠시 출렁거린다

손이 내려갈수록

벽이 환하다

건물 절벽에 매달려
외줄 하나 붙잡고 붓질할 때
더 배고픈 하늘을 본다

허공에서
페인트공 한 사람 외줄 끊어졌다는 신문 기사
잠시 기우뚱 휘청거린다

외줄에 함께 매달렸던 삶이
허공에 떨고 있다

외줄이 밥줄이다
― 『애지』, 2017년 겨울호에서

모든 삶은 외줄타기이며, 이 외줄타기에는 수많은 기술들이 필요하다. 이 외줄타기 기술을 익히는 데에는 그토록 엄청난 돈과 오랜 시간이 필요하고, 그것이 가정교육과 학교교육으로 나타나게 된 것이다. 모든 교육은 외줄타기의 교사들이 '외줄타기의 비법'을 가르쳐 주는 것에 지나지 않는데, 왜냐하면 삶이라는 것이 어느 누구에게나 단 한 번의 기회에 지나지 않기 때문이다. 시간은 흘러가고, 인간은 탄생—성장—늙음으로써 그 일생을 마치게 된다. 때로는 성공도 하고, 때로는 실패도 한다. 때로는 좌절도 하고, 때로는 하늘을 찌를듯한 환희에의 기쁨을 맛보기도 한다. 하지만, 그러나 모든 삶의 과정은 시간의 흐름에 따라 흘러가면 그뿐, 두 번 다시 되돌아오지 않는다.

정치인의 길도 외줄타기의 길이고, 경제인의 길도 외줄타기의 길이다. 학자의 길도 외줄타기의 길이고,

군인의 길도 외줄타기의 길이다. 의사의 길도 외줄타기의 길이고, 공무원의 길도 외줄타기의 길이다. 조종사의 길도 외줄타기의 길이고, 어부의 길도 외줄타기의 길이다. 목수의 길도 외줄타기의 길이고, 페인트공의 길도 외줄타기의 길이다. "외줄은 밥줄"이고, "외줄은 공포"이다. 외줄은 승리와 패배, 또는 성공과 실패로 연결되어 있으며, 하늘궁전의 길과 형무소의 길, 또는 지옥의 길로도 연결되어 있다. 어느 누구에게도 예외는 없고, 우리 인간들은 모두가 다같이 삶이라는 외줄(밥줄)을 타고, 때로는 웃으면서, 때로는 두려움과 공포에 오들오들 떨면서 그 외줄을 건너간다.

부유할수록 더욱더 가난해지고, 부유할수록 더욱더 아찔한 절벽에서 떨고 있다. 가난할수록 더욱더 난폭해지고, 가난할수록 더욱더 아찔한 절벽의 밑바닥에서 오들오들 떨고 있다. 이 궁지, 이 사지에서 벗어나기 위해, 사기, 절도, 강탈, 횡령, 배임, 표절, 강도 등, 온갖 외줄타기의 기술들이 등장하고, 다른 한편, 그 전면에서는 더욱더 아름답고 화려하게 정치, 경제, 사회, 문화의 외줄타기의 기술들이 펼쳐지게 된다. 모든 지혜는 외줄타기 기술의 최고급의 비법이며, 소위 성공한 자들이란 그 지혜를 통한 대사기꾼들에 지나지 않는다.

외줄을 타는 것도 위험하고, 외줄을 타지 않는 것도 위험하다. 외줄은 밥줄이고, 외줄타기는 공포이다. 따지고 보면 모든 인간들은 고층아파트에 매달린 페인트공에 지나지 않으며, 우리는 모두가 다같이 이 외줄타기에서 추락할 운명에 지나지 않는다. 좀 더 잘 살았거나 좀 더 못 살았거나 이 외줄이라는 생명줄이 끊어지면 그뿐인 것이다.

외줄의 역사는 필연의 역사이며, 외줄 앞에서는 만인이 평등하다.

우현순 시인의 「밥줄」은 '외줄타기 미학의 극치'라고 할 수가 있다.

엄정옥　김상규

이가은　장석주

공광규　박지현

현상연　최금녀

조　민　정선아

조옥엽　김　늘

강우현　탁경자

엄정옥
입사

공원 벤치에 다소곳이 앉은
청년의 목에 무언가 걸려 있다
산뜻한 청색줄이다
청년 실업자 53만 명의 이 팍팍한 시대에
용케도 직장을 잡았구나

가까이 다가서니
눈코입이 한쪽으로 몰린
흐릿하게 촉수 낮은 눈빛
목걸이에는 커다랗게
이름과 전화번호가 적혀있다

언제쯤 이 세상에 입사했을까
언뜻 보아 이십년은 넘어 보이는데
완벽과 속도만이 최고인 이 치열한 현장에

어느 날

문득 낯설게 떠밀려 왔을

고군분투하며 걸어왔을

이름표 하나에 자신의 직함을 걸어둔

명예퇴직도 정년도 걱정 없는

'이세상지구주식회사'

청년의 입가에 말없이 번져나는

저! 비非 웃음

— 『애지』, 2017년 겨울호에서

청년 실업자 53만 명의 이 팍팍한 시대에, 도대체 입사入社란 무엇일까? '회사에 들어가다', '취직을 하다', '일자리를 얻다' 등으로 해석할 수도 있지만, 더욱더 넓게 해석한다면 인간의 주체성을 확립하고 그 세계를 개척해나갈 수가 있게 되었다는 것을 뜻한다. 아버지의 도움도 필요없게 되었고, 어머니의 도움도 필요없게 되었다. 선생님의 도움도 필요없게 되었고, 선배들의 도움도 필요없게 되었다. 입사란 자기 자신의 활동영역(경제영역)의 확보이며, 이 활동영역을 확보하기 위하여 그토록 오랫동안 학교를 다니고 공부를 해왔던 것이다. 입사란 진군의 나팔소리이며, 그것이 어떤 싸움이든지 간에, 생존경쟁이라는 삶의 영역에서 최종적인 승리를 얻기 위한 신호탄이라고 할 수가 있다.

하지만, 그러나, 오늘날, 기계가 인간을 대신하고 '고용없는 성장'을 추구하면서부터 그토록 어렵고 힘든 학업의 성과에도 불구하고, 일자리를 얻기가 밤하늘의 별따기보다도 더 어렵게 되어 있다. 엄정옥 시인의 「입사」는 '입사'라는 역사 철학적 의미를 천착해낸 대단히 아름답고 뛰어난 시라고 할 수가 있다. 시적 화자는 "공원 벤치에 다소곳이 앉은/ 청년의 목에 무언가 걸려" 있는 것을 발견하고 그것을 주목한다. 그것은 "산뜻한 청색줄"에 묶여 있으며, 어느 회사의 신분증의 표시로만 생각되었다. 따라서 시적 화자는 "청년 실업자 53만 명의 이 팍팍한 시대에/ 용케도 직장을 잡았구나"라고, 부러움 반, 놀라움 반의 감정을 갖게 되었다. '팍팍한 시대'란 메마르고 건조하며 살아가기가 매우 힘들다는 것을 뜻하고, '용케도'란 이 어렵고 힘든 시대에 매우 다행스럽게도 직장을 얻었다는 것을 뜻한다. 왜냐하면 직장을 얻었다는 것은 부러움의 대상이면서도 놀라움의 대상이기 때문이다.

하지만, 그러나 그 부러움, 그 놀라움과는 정반대로, 그 청년은 "눈코입이 한쪽으로 몰린" 정박아였고, 그것은 "흐릿하게 촉수 낮은 눈빛/ 목걸이에는 커다랗게/ 이름과 전화번호가 적혀있다"라는 시구로 증명되었다. 따라서 시적 화자의 '입사'는 회사나 관공서의 일자리

가 아닌 이 세상의 태어남으로 그 논리적인 비약을 하
게 된다. 입사, 즉, 그 청년이 이 사회에 입사한 해는
이십여 년도 넘었고, 그 입사, 즉, 그 태어남은 "완벽
과 속도만이 최고인 이 치열한 현장에" 그가 매우 잘못
태어났다는 것을 뜻한다. 어느 날 문득 낯설게 떠밀려
왔을 그 청년, 정신이 박약하면 정신이 박약한 대로 고
군분투하며 걸어왔을 그 청년, 이름표 하나에 자신의
직함을 걸어둔 그 청년—, 요컨대 그 청년은 태어남 자
체가 '저주받은 것'이며, 이 '저주받은 자'로서의 영원
한 직업인이었던 것이다.

청년 실업자 53만 명의 이 팍팍한 시대에, 정신장애
는 어쩌면 행운이며, 축복일는지도 모른다. 그 청년에
게는 명예퇴직도 없고, 정년 걱정도 없다. 정규직과 비
정규직의 싸움도 모르고, 돈과 명예와 권력을 건 사생
결단식의 싸움도 없다. 이 세상은 지구주식회사이며,
정신박약아들이 지배권을 장악하고 영원한 황제의 관
을 쓰고 있다고 해도 과언이 아니다. "청년의 입가에
말없이 번져나는/ 저! 非웃음"은 자본주의 사회의 성
장의 신화를 최고도로 야유하고 희화화하고 있는 웃
음이라고 할 수가 있다. 오오, "명예퇴직도 정년도 걱

정 없는/ '이세상지구주식회사'를 위하여, 그는 오늘
도 전진하고, 또 전진하고 있는 것이다. 정상은 비정상
이 되고, 비정상은 정상이 된다. 이토록 아름답고 풍
요로운 사회에, 이토록 건강하고 훌륭한 우리 젊은이
들의 일자리가 없다니, 그것은 지나가는 개가 웃을 일
인지도 모른다.

자본주의 사회는 미친 사회이고, 미친 인간이 영원
한 인류의 이상형이 되는 그런 사회이다. 엄정옥 시인
은 먼 곳에서 보이는 사실과 가까운 곳에서 보이는 사
실이 이처럼 정반대로 다르다는 기이한 사실에 주목하
면서, 입사의 이중적 의미를 따져보는 역사 철학적인
안목과 정상을 비정상으로, 비정상을 정상으로 치환시
키는 정신분석학적인 안목으로 이 「입사」라는 시를 대
단히 아름답고 탁월한 명시로 탄생시킨 것이다.

시를 위하여, 오직 시를 위하여, 그 어떤 장애물과
중상과 비방을 다 견디어낸 천하제일의 시인 정신의 승
리라고 할 수가 있다.

김상규
가족사진

남몰래 여동생이 유언장을 보여준다
나는 홀쭉이다 벽장에서 잠이 들고
도망간 거위 떼들이 돌아오는 하짓날

일기장에 적혀있는 이름을 다 외우면
또 다시 태어난단 마법을 믿는 나이
그런데 아버지는 왜, 토끼장에서 주무세요?

살릴 것이 없어서 죽일 것도 없던 그해
근사미를 삼키고도 살아있던 할머니는
변소에 보살이 있다며 똥통을 휘젓고

찍습니다, 俗에서 더 가파른 俗으로
모든 종의 족보가 시취로 꽉 찼듯이
관을 진 소라게들이 죽음 이후를 찾듯이
— 『애지』, 2017년 겨울호에서

도덕군자인 임마누엘 칸트마저도 때때로 군주는 전쟁을 일으켜 인간의 사악한 이기심을 흔들어 놓아야 한다고 말한 바가 있었다. 왜냐하면 장구한 평화는 사악한 이기심만을 가중시키고 어느 누구도 그의 이웃과 그가 소속된 국가를 생각하지 않기 때문이다. 경제적 강자가 경제적 약자를 잡아먹는 것은 하루 아침의 일이 되고, 성장, 또는 풍부한 사회는 가난한 자를 구조적으로 확대 재생산하고, 그것을 은폐하고 싶어한다. 빌 케이츠, 조지 소로스, 워런 버핏, 저커버그 등은 세계제일의 갑부들이며, 그들은 인류의 역사상 전대미문의 자선사업가들이라고 할 수가 있다. 왜냐하면 그들은 모두가 다같이 전 재산을 사회에 환원하겠다고 약속한 것은 물론, 모두가 다같이 해마다 수조원씩을 자선사업에 쓰고 있기 때문이다.

하지만, 그러나 이 천사의 가면의 이면에는 그들이

어떻게 해서 하루에 수백억원씩 버는가에 대해서는 전혀 알려진 바가 없다. 그들의 천사의 가면은 악마의 가면에 지나지 않으며, 그들이 그 악마의 가면을 쓰고 나타나면 수많은 보통 사람들의 호주머니가 다 털릴 정도라고 해도 지나친 말이 아니다. 자본주의 사회는 승자독식구조이며, 모든 권력은 이 승자들의 돈에 의해서 나온다. 가령, 예컨대, 일년에 15조원을 벌고 10조원을 자선사업에 쓴다고 해도 순수이익이 5조원이나 된다. 어느 특정 개인의 순수 이익이 5조원이라니, 참으로 천지개벽과도 같은 기적이 아닐 수가 없다. 더군다나 그는 그의 자선사업으로 인하여 천사의 탈을 쓰게되고, 따라서 그의 착취와 약탈 행위를 전면적으로 은폐하고 영구적으로 고착화시키게 되었던 것이다.

자본주의 사회는 만인평등과 부의 공정한 분배를 목표로 삼고 있지 않고, 인간 차별과 부의 독점을 그 목표로 삼고 있다. 이 자본의 질서에서 밀려난 사람들은 절대빈곤과 기아선상에서 영원히 빠져나올 수가 없게된다. "남몰래 여동생이 유언장을 보여"주고, "나는 홀쩍이다 벽장에서 잠이" 든다. 아버지는 토끼장에서 주무시고, "살릴 것이 없어서 죽일 것도 없던 그해/ 근사미를 삼키고도 살아있던 할머니는/ 변소에 보살이 있다며 똥통을" 휘저었다. 자유도 사치이고, 평등도 사치이고, 사랑도 사치이다. 인권도 사치이고, 문화도 사치이고, 여행도 사치이다. 자동차도 사치이고, 비행기도 사치이고, 선택도 사치이다. 가난은 그 모든 여유와 웃음을 빼앗고, 절체절명의 생존의 벼랑끝에서 사경을 헤매게 만든다. 어린 여동생이 유언장을 쓰면, 나는 너무나도 억울해서 다시 태어나고 싶다고 중얼거린다. 아버지가 벌겋게 충혈된 눈으로 토끼장 같은 방에서 밤을 지새우면, 할머니는 근사미를 삼키고 똥통 속에서 득도를 꿈꾼다. 가난은 절체절명의 생존의 벼랑끝이며, "俗에서 더 가파른 俗으로"의 추락이다. 가난은 "모든 종의 족보가 시취로 꽉 찼듯이/ 관을 진 소라게들이 죽음 이후를 찾듯이" 죽음에서 죽음 이후의 미래를 설계하게 만든다.

가난한 자들은 빌 케이츠, 조지 소로스, 워런 버핏, 저커버그 등에게 절대로 속지 말아야 하며, 그들은 영원한 악마의 탈을 쓴 자들에 지나지 않는다. 그들은 절대로 자비로운 사람들이 아니며, 만인평등과 부의 공정한 분배를 위해서 그들의 특권을 내려놓을 사람들도 아니다. 그들의 자비롭고 친절한 미소는 악마의 미소이며, 언제, 어느 때나 수많은 약자들을 지배하고 착취하고 약탈하고 싶어하는 미소에 지나지 않는다. 그들은 언제, 어느 때나 악마의 자손들만을 생각할 뿐, 개천에서 용이 나는 불상사를 허용하고 싶어하지는 않는다.

가난한 자는 총궐기하여, 자본가들과 자본주의 사회의 승자독식구조의 미소를 갈갈이 다 찢어발겨도 된다. 가난한 자는 더 무서울 것도 없고, 더 잃어버릴 것도 없다.

전국의 가난한 자들이여, 모두 일어나 총궐기하라! 개천에서 용이 날 수 있는 그날까지—.

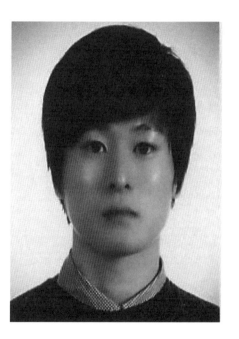

이가은
굿모닝! 두부

미안해, 포장지 좀 벗길 게 괜찮겠니
뒤집어 비튼다면 쏟아질 것 같은 표정
물컹한 살 한 켠 푸욱
숟가락을 찌른다
핸드백 메고 서서 모닝두부 뜨는 아침
혼밥 아닌 혼두부 순둥순둥 퍼 넣으니
아무 맛 안 나는 게 맛
사는 일도 그럴까
으깨진 마음살에 물기 뚝뚝 흐른대도
서로 대신 울어주며 빈 속을 달래보며
금이 간 한 모의 하루
뽀얀 틈 메웠으면!

* 모닝두부 : 간편하게 떠먹는 식사 대용 두부 제품.
── 『애지』, 2017년 겨울호에서

그리스 신화 속의 에릭직톤은 케레스 여신의 신목神
木인 상수리 나무를 베어버린 결과, 자기가 자기 자신
의 살을 뜯어먹고 죽어갈 수밖에 없었다. 함부로 나무
를 베거나 함부로 살생을 하면 천벌을 받게 된다는 것
을 이 신화는 우리에게 가르쳐 주고 있는 것이다. 한
사람의 가난도 우리 모두의 가난이고, 한 사람의 외로
움도 우리 모두의 외로움이다. 동시대에 태어나 똑같
은 언어로 말을 하고, 똑같은 식량으로 주식을 삼는 것
도 그것을 말해주고, 다른 한편, 똑같은 땅에서 태어나
똑같은 조상을 섬기고, 똑같은 삶을 살아간다는 것도
그것을 말해준다. 이에 반하여, 자본주의 사회는 돈이
최고인 사회이며, 승자가 그 모든 것을 다 독식하는 사
회라고 할 수가 있다. 자본주의 사회는 함부로 나무를
베고, 함부로 살생하는 것을 장려하는 사회이며, 신의
뜻과 자연의 이치를 정면으로 거스르는 대역죄인의 사

회라고 할 수가 있다.

이가은 시인의 「굿모닝! 두부」는 참으로 눈물 겨운 시이며, 이 시대의 가난을 추문으로 만들고 있다고 하지 않을 수가 없다. 연애포기, 결혼포기, 출산포기, 취업포기, 주택구입포기, 인간관계포기, 미래의 희망포기 등, 이른바 이 '칠포세대'의 눈물과 비애가 이 「굿모닝! 두부」에 배어 있는 것인지도 모른다. "미안해, 포장지 좀 벗길 게 괜찮겠니/ 뒤집어 비튼다면 쏟아질 것 같은 표정/ 물컹한 살 한 켠 푸욱/ 숟가락을 찌른다"라는 시구는 자기가 자기 자신의 살을 뜯어먹고 살아가는 에릭직톤의 모습과도 같고, "핸드백 메고 서서 모닝두부 뜯는 아침/ 혼밥 아닌 혼두부 순둥순둥 퍼 넣으니/ 아무 맛 안 나는 게 맛"이라는 시구는 미리부터 미래의 희망, 즉, 인생을 포기한 우리 젊은이들의 비애와도 같다.

하루 하루가 혼두부처럼 으깨져 가고, 하루 하루가 서로를 대신하여 울어줄 사람도 없다. 하루 하루가 금이 가고, 하루 하루가 살맛이 나지 않는다.

자본주의(아버지)는 먹으면 먹을수록 더욱더 배가 고파지는 살인마가 되어가고, 아들은 자기가 자기 자신의 살을 뜯어먹고 살아갈 수밖에 없는 괴물이 되어 간다.

혼밥과 혼두부는 우리 젊은이들의 문화지수이고, 아무런 맛도 없는 삶의 맛은 우리 젊은이들의 행복의 지수가 된다.

자본주의 사회는 소수의 부자들을 위하여 다수의 가난한 자들을 양산해내는 사회이며, 부자와 가난한 자의 관계는 영원히 화해할 수 없는 원수형제와도 같다. 가난은 하늘의 은총이 되고, 소외는 십자가가 된다. 혼밥과 혼두부는 일용할 양식이 되고, 신의 사망은 과학적 진리가 된다. 소수의 악마(부자)가 신으로 등극하고, 그들이 가난한 자들의 삶의 목표와 삶의 의미, 그리고, 심지어는 모든 초월성에 대한 믿음마저도 삭제해버린다.

'X의 시대'와 'X의 사회'는 우리 젊은이들의 근본토대가 되고, 우리 젊은이들은 악마들의 전성시대를 위하여 봉사를 하게 된다.

하루바삐 독서중심 글쓰기 교육을 하고, 유치원에서

부터 대학원까지 독일에서처럼 무상교육을 하고, 모든 사설 학원들을 다 폐쇄하지 않으면 안 된다. 독서중심 글쓰기 교육만이 '저출산—고령화의 난제'를 해결하고, 우리 젊은이들의 일자리 창출과 남북통일마저도 이룩해내게 될 것이다.

장석주
대추 한 알

저게 저절로 붉어질 리는 없다.
저 안에 태풍 몇 개
저 안에 벼락 몇 개
저게 저 혼자 둥글어질 리는 없다.
저 안에 무서리 내리는 몇 밤
저 안에 땡볕 두어 달
저 안에 초승달 몇 낱 대추야
너는 세상과 통하였구나

📖

오늘도 홍해바다가 갈라지고, 바위는 샘물을 내뿜고, 하늘에서는 만나가 쏟아진다.

오늘도 물위를 걷고, 앉은뱅이와 벙어리와 말기암 환자들을 낫게 해주고, 물고기 두 마리와 빵 다섯 개로 전 국민이 먹을 수 있는 음식을 만들어 낸다.

오늘도 마른 하늘에서는 단비가 내리고, 풀 한 포기 없는 사막에서는 오아시스가 나타나고, 젖과 꿀이 저절로 샘솟아 난다.

오늘도 에로스는 사랑의 화살을 쏘고, 로미오와 줄리에트는 춤을 추고, 오딧세우스는 그의 조국으로 돌아간다.

날마다 기적이 일어나고, 날마다 기적처럼 「대추 한 알」이 붉어진다.

장석주 시인의 「대추 한 알」에는 만고풍상을 다 겪어

본 시인의 역사 철학적인 깊이와 그 원숙함이 배어 있다. 공자, 맹자, 노자, 장자 등의 동양철학의 사유도 배어 있고, 니체, 쇼펜하우어, 미셸 푸코, 들뢰즈 등의 서양철학의 사유도 배어 있다. 예수와 부처와 마호메트 등의 종교창시자의 사유도 배어 있고, 셰익스피어, 괴테, 보들레르, 랭보 등의 대문호의 사유도 배어 있다. 시는 경전이며, 소우주이다. 수많은 대사상가와 대문호들과의 대화를 나누며, 인간 이하의 최저 생활에서부터 최고급의 시인으로 탄생하기까지의 그의 체험과 앎의 기적이 배어 있기 때문이다.

"저게 저절로 붉어질 리는 없다/ 저 안에 태풍 몇 개/ 저 안에 벼락 몇 개"라는 시구는 어느 누구나 쓸 수 있는 것이 아니며, 또한, "저게 저 혼자 둥글어질 리는 없다/ 저 안에 무서리 내리는 몇 밤/ 저 안에 땡볕 두어 달/ 저 안에 초승달 몇 낱"이라는 시구 역시도 어느 누구나 쓸 수 있는 것이 아니다.

삶이란 태풍과 벼락을 사랑하는 것이며, 이 태풍과 벼락을 사랑하는 자만이 제일급의 시인이 될 수가 있는 것이다. 태풍은 그의 의지를 키워주고, 벼락은 그의 마비된 의식을 일깨워준다. 태풍과 벼락을 사랑해

본 자만이 저절로 얼굴이 붉어지고, 태풍과 벼락을 사랑해본 자만이 "저 안에 무서리 내리는 몇 밤/ 저 안에 땡볕 두어 달/ 저 안에 초승달 몇 낱"이라는 시구에서처럼 더욱더 그 맛과 향으로 깊어질 수가 있는 것이다.

대추 한 알은 이 세상과 통하고, 대추 한 알이 모든 기적을 다 연출해낸다.

시는 낙천주의를 양식화시킨 것이다.

공광규
파주에게

파주, 너를 생각하니까

임진강변 군대 간 아들 면회하고 오던 길이 생각나
는군

논바닥에서 모이를 줍던 철새들이 일제히 날아올라

나를 비웃듯 철책선을 훌쩍 넘어가 버리던

그러더니 나를 놀리듯 철책선을 훌쩍 넘어오던 새
떼들이

새떼들은 파주에서 일산도 와보고 개성도 가보겠지

거기만 가겠어

전라도 경상도를 거쳐 일본과 지나반도까지 가겠지

거기만 가겠어

황해도 평안도를 거쳐 중국과 러시아를 거쳐 유럽
도 가겠지

그러면서 비웃겠지 놀리겠지

저 한심한 바보들

자기 국토에 수십 년 가시 철책을 두르고 있는 바
보들

얼마나 아픈지

자기 허리에 가시 철책을 두르고 있어 보라지

이러면서 새떼들은 세계만방에 소문 내겠지

한반도에는 바보 정말 바보들이 모여 산다고

파주, 너를 생각하니까

철책선 주변 들판에 철새들이 유난히 많은 이유를
알겠군

자유를 보여주려는 단군할아버지의 기획이 아닐까

하는 생각이 자꾸 드는군

──공광규 시집, 『파주에게』에서

📖

　일본에게 한국은 꿈에도 그리운 나라이며, 그 모든 것이 가능한 영원한 제국의 전초기지이다. 일본이 다시 한국으로 진출하면 중국과 중앙아시아와 이탈리아와 스페인을 거쳐서 영국까지의 길이 열리고, 다른 한편, 중국과 시베리아와 러시아와 핀란드와 스웨덴을 거쳐서 노르웨이까지의 길이 열릴 것이다. 한국은 전 세계의 교통의 출발지이자 종착역이 될 수도 있지만, 우리 대한민국의 바보같은 원주민들은 이러한 금은보화보다도 더 소중한 지리적 이점을 살리지 못하고 소위 미국의 식민지로서 크게 만족하면서 살아간다. 군사주권도 없고, 외교주권도 없다. 식량주권도 없고, 원자력 주권도 없다. 남북평화협정의 주권도 없고, 미사일 주권도 없다. "자기 국토에 수십 년 가시 철책을 두르고 있는 바보들"이 전세계인의 조롱거리이자 치욕으로 살아가고 있는 것이다.

국가의 목표도 없고, 그 목표를 추구할 수 있는 방법도 없다. 모든 것이 얼렁뚱땅이며, 미래의 희망이 없는 인간들이 자나깨나 이전투구로서 하얗게 날밤을 새운다. 목표가 없으니까 공동체 사회를 이끌어나갈 도덕이 없고, 도덕이 없으니까 부정부패를 건국의 이념처럼 받들어 모시게 된다. 목표가 없으면 이민족의 지배를 받게 되고, 도덕이 없으면 이민족의 명령에 복종하게 된다. 남북통일은 남한과 북한의 문제이며, 주한미군은 그 어떠한 조건도 없이 즉시 철수하지 않으면 안 된다.

제2차 세계대전의 전범국가이자 패전국가인 독일이 민족통일을 이룩하고 유럽의 최대강국으로 부상하고, 또한, 제2차 세계대전의 전범국가이자 패전국가인 일본이 일본헌법을 개정하고 전쟁이 가능한 국가로 부상하는 동안, 도대체 우리 남북한은 그 무엇을 했단 말인가? 한반도의 반통일 세력은 외세이고, 이 외세를 몰아내지 않는 한 우리 한국인들은 영원한 민족국가를 이룩해내지 못한다. 남과 북은 한민족이며 한국가이고, 그 어떤 나라도 대놓고 남북통일을 반대할 수는 없다. 따라서 남북통일을 하기 위해서는 세계제일의 일등국민이 되어야 하고, 그 어떤 나라보다도 더욱더 맑고 깨끗한 도덕국가를 건설하고, 그리고 자나깨나 근검절약을 하며 경제대국으로 발돋움하지 않으면 안 된다. UN을 비롯한 국제기구에 가능한 한 더욱더 많은 분담금과 국제원조를 확대해나가지 않으면 안 된다. 경제가 곧 국가의 힘이고, 이 국가의 힘을 토대로 모든 외세를 몰아내지 않으면 안 된다.

공광규 시인의 「파주에게」는 참으로 조국에 대한 뜨거운 사랑의 노래이며, 하루바삐 남북통일을 이룩해내야 한다는 염원을 간직하고 있는 노래라고 하지 않을 수가 없다. 파주는 북방한계선이며, 분단의 아픔이 고스란히 배어 있는 땅이지만, 그러나 새들에게는 그러한 분단의 철책마저도 그 어떤 장애물이 되지 못한다. 남북한을 자유롭게 날아다니는 철새, 파주에서 일산도 와보고 개성도 가보는 철새, 전라도와 경상도를 거쳐 일본과 지나반도까지 날아 다니는 철새, 황해도와 평안도를 거쳐 유럽까지도 날아다니는 철새—, 이 철새들은 하루바삐 외세들을 몰아내고 남북통일을 이룩하라는 단군 할아버지의 명령과 그 전령사들일 수밖에 없다.

힘이 없으면 자유를 얻을 수가 없고, 자유를 얻지 못하면 복종을 하게 된다. 명령하는 자는 복종하는 자의 영혼과 육체까지도 다 빨아먹고, 복종하는 자는 모든 충성을 다 바치고도 최종적인 능멸을 면하지 못한다. 하루바삐 대한제국의 목표를 세우고, 최고급의 도덕을 통하여 민심과 국력을 결집시키고, 전세계인의 출발지이자 종착역으로서의 대한제국을 건설하지 않으면 안 된다.

오오, 공광규 시인이여!

하루바삐 단군 할아버지의 이름으로 예수를 몰아내고, 이 땅에 가시면류관을 씌워주고 있는 교회들을 다 불태워버리지 않으면 안 된다.

예수는, 교회는 미제국주의의 종교적 식민정책의 상징에 지나지 않는다.

박지현
하얀성

 가끔 헛헛해진 마음을 안고 찾아가는 보수동 헌책방 골목, 먼지에 쌓인 책들의 행간을 읽는다. 아무렇게 굴러다니다 쓰레기처럼 실려 온 활자들, 골목 사이 햇살에 묻혀 자신의 길을 잃어버렸다. 책갈피 사이의 한 자 한 자 정성들인 세계, 그 풋풋한 설렘 위에 먼지만 쌓인 낡은 서점, 그곳은 순백의 하얀성처럼 모든 것을 한순간 바꾸어버릴 깊은 진실이 숨겨져 있다.

 파피루스의 기록을 따라 가는 여정은 반복된 일상에서 벗어나 또 다른 세계를 꿈꾸는 나를 찾아가는 길, 권태로운 삶에 익숙한 내가 낯선 나를 위해 떠날 차비를 한다. 시야를 가리고 있는 뿌연 안개를 더듬어 스멀스멀 분출하는 용암처럼 또 다른 세계를 엿보는 노마드가 되어 짐을 꾸린다.

 관습의 옷을 걸친 꿈을 잃은 고래들, 국경의 경계를 넘어 미지를 향하는 호모 노마드, 새로운 욕망은 길들

여진 습관에서 벗어나는 것, 잃어버린 기억 언저리를
바꾸어 살아가는 삶을 상상한다.

파피루스엔 지나온 시간의 향기가 깊숙이 배어들어
살아온 기억이 문신처럼 새겨졌다. 아슴아슴 사그라지
는 해가 지기도 전에 취해버린 오렌지 빛 노을, 그 취
기는 전신으로 퍼지고 아직도 유효한 환상의 연금술,
나를 찾기 위한 시도를 한다.

* 오르한 파묵의 소설, 2006년 노벨문학상 수상작.
— 박지현 시집, 『하얀성』에서

📖

소크라테스의 조국애도 전 인류의 마음을 사로잡았고, 데카르트의 사유하는 인간도 전 인류의 마음을 사로잡았다. 칸트의 도덕철학도 전 인류의 마음을 사로잡았고, 마르크스의 공산주의도 전 인류의 마음을 사로잡았다. 공자, 맹자, 노자, 장자도 전 인류의 마음을 사로잡았고, 니체, 쇼펜하우어, 사르트르, 하이데거도 전 인류의 마음을 사로잡았다. 이들은 모두가 다같이 하얀성에서 태어나 하얀성 속에서 살며, 하얀성을 쌓고 죽어간 전인류의 스승이었던 것이다. 권력의 신전은 공허하지만, 사상의 신전은 영원하다.

관습의 옷을 걸친 고래는 고래가 아니고, 그 어떤 꿈도 꿀 수가 없다. 권태로운 삶에 익숙한 나도 내가 아니고, 그 어떤 꿈도 꿀 수가 없다. 시인은 떠나고, 또, 떠나는 존재이며, 새롭고 낯선 풍경 속에서 그 고장의 역사와 전통을 익히며, 새로운 나로 태어나지 않으면 안 된다. 시인의 꿈은 고래의 꿈―대서사시인의 꿈―
이고, 이 고래의 꿈은 그의 언어, 즉, 그의 '환상의 연
금술' 속에서 이루어질 수가 있다. "책갈피 사이의 한
자 한 자 정성들인 세계", 피와 땀과 눈물로 쓴 순백의
하얀성의 세계―, 바로 거기에는 인류 전체의 역사와
철학과 예술이 들어 있고, 이 하얀성들보다 더 고귀하
고 위대한 것들이란 있을 수가 없다.

　박지현 시인의 「하얀성」은 그의 책읽기와 앎에의 의
지가 이룩해낸 기적이며, 대단히 아름답고 철학적인
시라고 할 수가 있다. 시인은 그 '환상의 연금술'로, 미
래의 이상형인 '고래의 꿈'을 길어 올리며, 전혀 낯설고
새로운 하얀성의 세계를 펼쳐보이고 있는 것이다. 책
은 낡을수록 새로운 것이며, 이 책만이 영원불멸의 삶
을 살아가게 된다.

　금속활자를 최초로 발견하고 한글의 우수성이 뛰어나
다고는 하지만, 그것은 어디까지나 출판 과정의 도구일
뿐, 책 그 자체를 대체할 수는 없다. 책들 속에는 우리 인
간들의 사유와 행동, 성격과 취향, 전통과 문화유산, 풍
습과 도덕, 사회 질서와 법과 제도 등, 그 모든 것이 요

술단지처럼 보존되어 있는 것이다. 이제 우리 한국인들은 영국의 셰익스피어, 이탈리아의 단테, 그리스의 호머, 독일의 괴테처럼, 말하고, 읽고, 쓰는 법을 배우지 않으면 안 된다. 모든 것을 다 말하고 있으면서도 아무 것도 말을 하지 못하고 있는 우리 한국인들, 수많은 책들을 다 읽고 있으면서도 아무 것도 읽지 못하고 있는 우리 한국인들, 부지런히 쓰고 또 쓰고 있으면서도 아무 것도 쓰지 못하고 있는 우리 한국인들, 이제 우리 한국인들은 문화 이전의 야만의 상태에서 벗어나 어느 누구도, 시간도, 우연도 폐위시킬 수 없는 대 작가들을 배출해 내지 않으면 안 된다. 대작가들은 영원불멸의 삶을 살아가는 황제이며, 우리 인간들의 보편적이고도 객관적인 전범人神들이라고 하지 않을 수가 없다(「독서에 대하여」, 『행복의 깊이』 제3권 제1장)

일제 잔재 중에서 가장 잔인하고 끔찍한 것은 주입식 암기교육이다. 주입식 암기교육이 우리 한국인들을 다 몰살시키고, 삼천리 금수강산을 소위 제국주의자들의 병정놀이터로 만들었다. 우리 대통령들, 우리 학자들, 우리 정치인들─, 과연 너희들같은 돌대가리들이 내 말을 알아 듣겠느냐?

현상연

가마우지 달빛을 낚다

계림 이강,
뱃머리에 가마우지 몇 마리
허기진 식욕을 움켜쥔 채
사공의 신호로 강물에 뛰어 든다

잡힌 물고기
가마우지 목에 걸린다

甲이 비정규직이란 올가미로 乙의 목을 조인다
삼켜지지 않는 물고기가 목에서 파닥거리고
밤새 자맥질 한 대가를 지불받지 못한 가마우지,
굶주린 눈빛은 날짐승의 본능으로 거칠게 빛나지만
또 다시 乙이 되어
값없는 달빛만 낚는다.

가마우지 낚시법은 가마우지가 도망가지 못하도록 발을 줄에 묶어두고, 가마우지가 물고기를 잡더라도 뱃속으로 삼키지 못하도록 목에 적당한 끈을 묶어두는 낚시법을 말한다. 즉, 배가 고픈 가마우지가 물고기를 잡으면 그것을 도로 토해내게 하는 낚시법인데, 아직도 중국 계림지역에서는 이 낚시법을 사용하고 있다고 한다. 어부는 주인이 되고, 가마우지는 노예가 된다. 가마우지는 주인의 명령에 따라 죽자사자 일만을 하고, 그 대가로 겨우 목구멍에 풀칠만을 하다가 죽게 되곤 한다. 자유도 없고, 평등도 없고, 사랑도 없다. 소유의 기쁨도 없고, 행복도 없고, 죽을 권리조차도 없다. 가마우지의 삶은 살아 있어도 살아 있는 것이 아니고, 차라리 죽는 것이 더 나은 노예의 삶이라고 할 수가 있는 것이다.

갑은 주인이고, 을은 노예이다. 명품을 만들고, 또

명품을 만들어도 을은 명품 하나 사용해 보지도 못하고, 더.더군다나 그 노동의 대가마저도 제대로 받지 못하고 죽어가게 되고 만다. "잡힌 물고기/ 가마우지 목에" 걸리고, 잡힌 물고기 갑의 배만을 불린다. "밤새 자맥질 한 대가를 지불받지 못한 가마우지/ 굶주린 눈빛은 날짐승의 본능으로 거칠게 빛나지만/ 또 다시 乙이 되어/ 값없는 달빛만 낚는다." 태초에 특권이 있었고, 태초에 차별이 있었다.

미국은 갑이고, 한국은 을이다. 한반도에 미군이 주둔한 지 어느덧 72년이 되었고, 주한미군사령관은 UN사령관이자 한미연합사령관으로서 사실상 대한민국의 군사작전권을 다 움켜쥐고 있다고 할 수가 있다. 이 갑을의 관계는 한미 방위사업에도 그대로 적용되는데, 따지고 보면, 이처럼 일방적이고도 구매의사결정권을 다 빼앗긴 사업도 없을 것이다. 고객은 갑이고, 상점 주인은 을이다. 하지만, 그러나 한국이 미국산 무기를 가장 많이 사는 국가 중의 하나인데도 구매의사결정권을 다 빼앗긴 을의 신세에 지나지 않는다. 유럽산이나 러시아산, 또는 중국산 무기는 아예 살 수도 없고, 오직 미국산 무기만을 사지 않으면 안 된다. 최첨단 무기는 아예 팔지도 않으며, 기술 이전은 커녕, 미국산 무기의 정비조차도 할 수가 없다. 일년에 몇 번씩, 걸핏하면 북한을 불량국가로 몰아붙이고 한반도를 전쟁의 분위기로 몰아가면서 미국산 무기수입을 강요한다.

제 아무리 최첨단 무기일지라도 그것이 팔리지 않는다면 고철더미에 지나지 않는다. 이것을 너무나도 잘 알고 있는 록히드 마틴사는 미국의 대통령과 부통령, 또는 국방장관과 국무장관까지도 그들의 영업사원으로 거느리며 전세계의 분쟁지역을 다 연출해내고, 그 각본대로 그들의 무기를 팔아먹는다. 가령, 예컨대, 어떤 을의 국가에 60조원대의 무기를 팔아 먹으려면 6조원대의 로비자금을 책정하고, 그 을의 국가의 대통령과 장관들과 국회의원들을 모조리 매수해버린다. 뇌물을 좋아하고 뇌물로 출세하는 을의 관계자들은 이 뇌물이라는 미끼를 덥석 물고, 바로 그때부터 자국의 이익보다는 록히드 마틴사와 미국의 이익을 위하여 봉사를 하게 된다.

뇌물은 이강의 어부가 던져주는 최소한의 먹이이며, 을의 관계자들은 이 먹이에 현혹되어 을의 국가의 모든 이익을 다 가져다가 바친다. 주한미군 주둔비를 올려달라고 하면 주한미군 주둔비를 올려주고, 더 많은 무기를 사라고 하면 더 많은 무기를 사주고, 최첨단 무기를 개발하지 말라고 하면 최첨단 무기를 개발하지 않는다. 스스로, 자발적으로, 세계적인 깡패에게 그 모든 주권을 다 가져다가 바치고, 영원한 노예의 신세마저도 하나님의 은총처럼 감사하게 생각한다.

한국에 학교가 있고, 한국에 선생이 있는가? 문화선진국의 교육제도와 학교와 선생들을 살펴보라! 한국에는 학교도 없고, 선생도 없다. 오직 망국교와 망국으로 인도하는 저승사자들이 선생의 탈을 쓰고 있을 뿐이다. 아직도 주입식 암기교육을 교육이라고 생각하는가? 오오, 전세계인의 조롱거리와 추문으로만 존재하는 한국인들이여!!

십자가는 수소폭탄보다도 그 폭발력이 더 크고, 이 십자가에 의하여 한국인과 한국정신은 영원히 소멸된 것이다.

십자가, 십자가, 개좆같은 유태인들의 십자가—. 한

국에는 단군의 자손도 없고, 오천 년의 역사도 없다.

최금녀
낮은 목소리

그 비밀은 내 아버지도 알려주지 않았다
나는 슬퍼하지 않았다
비밀에게도
새 잎이 돋아나더라

내 무덤을
네가
초록색유방*이라고 말할 수 있다는 것

조금씩 멀어지고 있다

슬픔은 그 다음 일이다

가장 낮은 데서 네 전화를 받는다
내 계획을 말하지 않았다

네 관심이 가끔 나를 적시지만

고맙지만

고마울 수 없다

모든 것은 헐거워지고

상처는 덧난다

* 진은영 시, 「무질서한 이야기들」에서.

📖

　스피노자의 말대로, 이 세상에는 자기원인自己原因이라는 것이 있다. 하나의 사건에서 그 원인을 더듬어 올라가면 최초의 원인이 나오고, 이 최초의 원인을 자기원인이라고 부른다. 아들은 아버지에게서 나왔고, 아버지는 할아버지에게서 나왔다. 할아버지는 할아버지의 할아버지에게서 나왔고, 할아버지의 할아버지는 전지전능한 신에게서 나왔다. 이처럼 자기원인을 염두에 두고 최금녀 시인의 「낮은 목소리」를 읽으면 그의 비밀은 슬픔과 관련이 있어 보인다. 이 슬픔은 상처와 관련이 있어 보이고, 이 상처는 무덤, 즉, 죽음과 관련이 있어 보인다.

　만일, 그렇다면 도대체 '비밀'이란 무엇이란 말인가? 비밀이란 남에게 알리고 싶지 않은 어떤 것일 수도 있고, 자연의 이치나 진리처럼 꼭꼭 숨어 있어서 우리들이 알 수 없는 어떤 것일 수도 있다. 그 비밀을 내 아버지도 알려주지 않았지만, 나는 슬퍼하지 않았다. 내 아버지도 알려주지 않은 비밀, 그러나 내가 슬퍼하지도 않은 비밀, 새 잎이 돋고 내 무덤을 네가 초록색 유방이라고 명명할 수 있었던 비밀—. 만일, 그렇다면「낮은 목소리」의 비밀이란 '나'라는 존재의 사라짐이며, 이 '나'의 죽음과 관련이 있다는 것일까? 우리는 모두가 죽음을 매우 잘 알고 있다고 생각하지만, 그러나 우리는 죽음 앞에서 영원한 초보자에 지나지 않는다. 내가 살아 있는 동안 죽음이란 없고, 죽음이 찾아오면 나는 존재하지 않는다라고 에피쿠로스처럼 말할 수 있는 사람은 아무도 없다. 아버지도 죽었고, 나도 죽었다. 아버지가 그 비밀을 알려주지 못한 것은 아버지 역시도 죽음이 무엇인지 알 수가 없었던 것이고, 따라서 나는 아버지의 죽음을 슬퍼하지 않았던 것이다. 아무튼 '나'는 죽었고, 너(아들, 혹은 딸?)는 나의 무덤을 '초록색 유방'이라고 말한다. 비밀(죽음)에서 새 잎이 돋고, 이 새 잎들로부터 나의 둥근 무덤은 초록색 유방이 된다. 초록색 유방은 만인의 생명의 기원이며, 영원한 인류의 젖줄이라고 할 수가 있다.

　　나는 죽었고, 너는 살아 있다. 이 죽은 자와 산 자의 거리만큼, 나와 너는 조금씩 더 멀어지고, 이 멀어짐에서 슬픔이 싹튼다. 이 슬픔이 싹틀 때, 가장 낮은 곳, 즉, 초록색 유방(무덤)에서 너의 전화를 받았지만, 나는 내 계획을 너에게 말하지 않았다. 너와 나는 한 점의 혈육이거나 지인의 관계일 수도 있지만, 네가 명복을 빈다고 해서 내가 천당에 갈 수 있는 것도 아니고, 더, 더군다나 내가 너의 이승의 행복을 담보해줄 수 있는 것도 아니다. 죽은 자와 산 자의 거리는 가깝고도 멀며, 어쩌면 두 번 다시 만날 수 없는 그런 관계일는지도 모른다. 아들로서, 또는 지인으로서 네 관심은 고맙지만, 그러나 그 고마움은 도로아미타불의 헛수고에 지나지 않는다.

죽음은 슬프고, 슬픔은 상처에서 나온다. 죽음은 나와 아버지와의 관계마저도 끊어버리고, 죽음은 나와 아들의 관계마저도 끊어버린다. "모든 것은 헐거워지고/ 상처는 덧난다." 나는 죽었고, 너는 살아 있다. 비록, 네가 나의 무덤을 초록색 유방이라고 말하지만, 그러나 그것은 살아 있는 너의 해석일 뿐, 이미 죽어버린 나와는 아무런 상관이 없다. 네가 나의 명복을 빌어도 좋고, 네가 나의 명복을 빌지 않아도 좋다. 너와 나,

즉, 산 자와 죽은 자는 아무런 상관도 없고, 이것이 「낮은 목소리」의 비밀이 된다.

최금녀 시인의 「낮은 목소리」는 허무주의자의 목소리이며, 자기 체념의 목소리이다. 인간과 인간의 관계도 영원한 타자의 관계이고, 아내와 남편, 아니, 부모와 자식간의 관계도 영원한 타자의 관계이다. 타인과 타인의 관계는 녹슨 나사못이 되고, 이 녹슨 나사못의 관계에서 상처는 덧난다. 나도 타인으로 죽었고, 너도 타인으로 죽을 것이다.

아아, 그러나 비밀에서 새 잎이 돋고 내 무덤을 초록색 유방이라고 말할 수 있는 시인이여, 이제는 더 이상 상처 때문에 아파하지도 말고 슬퍼하지도 말기를 바란다. 그 상처와 슬픔들이 비밀의 숲이 되고, 이 비밀의 숲이 초록색 유방이 되는 기적을 당신이 연출해내지 않았던가? 상처는 덧나고, 덧난 상처가 이 세상에서 가장 아름답고 풍요로운 비밀의 숲을 키운다.

모든 것이 울창해지고, 상처에서 가장 아름다운 꽃들이 피어난다. 이것이 내가 최금녀 시인에게 전해줄 수 있는 가장 낮은 목소리이다.

조　민
피안

새벽마다 울었다
옆집 여자는

벌레처럼
성대 없는 개처럼 울었다

나는 가끔씩
자다 깨다 녹음을 하곤 했는데

들을 때마다
소리가 달랐다

그런 날은 한 마디도 안 했다

빗방울이 툭

내 얼굴에 떨어졌다

죽은 벌레의 머리에서 싹이 올라왔다

풀인지 벌렌지

나는 손톱 끝으로
싹을 뚝, 땄다

그해 봄에는 뭐든지 잘라야 잘 자랐다

차안此岸은 삶과 죽음이 있는 현실의 세계이고, 피안彼岸은 우리가 진리를 깨닫고 도달할 수 있는 이상의 세계를 말한다. 조민 시인의 「피안」을 읽으면 피안마저도 이승의 연장선상에 있으며, 이승에서 불행했던 자는 저승에서도 그 불행을 면할 수가 없게 된다. "새벽마다 울었다/ 옆집 여자는// 벌레처럼/ 성대 없는 개처럼 울었다"는 것은 소리 죽여 혼자만이 우는 울음을 뜻하며, 이 속울음을 듣는 '나'는 아마도 그 여자와 동일인물일는지 모른다. 왜냐하면 어떻게 새벽마다 벌레처럼, 성대 없는 개처럼 우는 그 울음 소리를 듣고, 그 울음 소리에 자다 깨며 그 울음 소리의 미묘한 차이를 알아 차린다는 것은 그 여자와 내가 동일인물이 아니면 알 수가 없기 때문이다.

　소리 죽여 우는 울음, 즉, 성대 없는 개처럼 우는 속울음을 "나는 가끔씩/ 자다 깨다 녹음을 하곤 했는데"

그 소리는 들을 때마다 달랐다. "그런 날은 한 마디도 안 했다"는 것은 나와 그녀는 말을 안 해도 서로가 서로의 마음을 너무나도 잘 알고 있다는 것을 뜻하고, "빗방울이 툭/ 내 얼굴에 떨어졌다"는 것은 그녀의 눈물이 빗방울이 되었다는 것을 뜻한다.

빗방울은 만물의 소생의 신호탄이며, 따라서 "죽은 벌레의 머리에서 싹이 올라왔다." 벌레는 징그럽고, 벌레는 불길하다. 그 싹은 "풀인지 벌렌지" 모르겠지만, "나는 손톱 끝으로/ 싹을 뚝, 땄다// 그해 봄에는 뭐든지 잘라야 잘 자랐다."

울음에는 기뻐서 기뻐서 우는 울음도 있고, 울음에는 슬퍼서 슬퍼서 우는 울음도 있다. 기뻐서 기뻐서 우는 울음은 비록 일시적이기는 하지만 더 이상 바랄 것이 없는 소망 성취와 관련이 있고, 슬퍼서 슬퍼서 우는 울음은 그 어떠한 출구도 없는 절망적인 상황과 관련이 있다.

희망은 싹이 꺾이면 그뿐, 두 번 다시 그 싹이 돋아나지 않는다. 하나의 희망의 싹이 꺾이면 다른 희망의 싹을 길러내야 하고, 그 길러냄과 그 과정에는 그토록 어렵고 힘든 고통이 따른다.

하지만, 그러나 절망의 싹은 절대로 꺾이거나 죽는 법이 없다. 절망은 그 싹이 꺾일 때마다 천문학적인 숫자로 증가하며, 그 주체자에게 우주적인 공포를 부여한다.

절망은 천길 벼랑을 만들고, 절망은 천길 벼랑에서 뛰어내리게 만든다.

슬퍼서 슬퍼서 우는 자에게는 이상의 세계, 즉, 피안의 세계란 있을 수가 없다.

정선아
백건우

낙법이 정확해야 다치지 않는 법

한 순간의 어긋남이 곧 깊은 낭떠러지임을
돌이킬 수 없는 패배임을
너무나 잘 알고 있는
영리한 프로게이머 그는
흑백으로 분명한 생사의 갈림길에서
결코 주저하지 않는다
때론 격렬하게
때론 우아하게
조이스틱으로 열광하는 소년이다
승전보를 알리는 조타수다

얼음 위를 지치는 스케이트 칼날 아래
이제 막 울기를 멈춘 것과

방금 울기를 시작한 것
그믐달과 초승달 사이
그 숨 막히는 간극 사이로
크고 작은 물줄기 가운데
그는 홀로다

희고 날카로운 손끝에서
황금빛 가을 폭죽으로 몸 바꾸어 흩어지는 음표들
갈가마귀 힘찬 날갯짓으로 날아오를 때

가장 깊숙한 어금니 드러내고 웃던
억센 숏컷 은행나무
— 『애지』, 2017년 봄호에서

최고의 예술가란 가장 어렵고 힘들고 어느 누구도 해
낼 수 없는 것을 가장 쉽고 힘들지 않게 해낼 수 있는
사람을 말한다. 최고의 예술가는 인간의 한계를 돌파
하고 미래의 인간을 창출해낸 사람이며, 그의 업적에
의하여 전인류의 스승으로 올라선 문화적 영웅이라고
할 수가 있다. 백건우—, 그는 한국이 낳은 세계적인
피아니스트이며, 그는 그 "희고 날카로운 손끝에서/ 황
금빛 가을 폭죽으로 몸 바꾸어 흩어지는 음표들" 속에
서 "갈가마귀 힘찬 날갯짓으로 날아"오르기 위하여 천
길의 벼랑 끝에서 뛰어내리는 낙법을 익히지 않으면 안
되었던 것이다. 높이 높이 날아오르기 위해서는 낙법
을 정확하게 익혀야 하고, "흑백으로 분명한 생사의 갈
림길에서" "때론 격렬하게/ 때론 우아하게/ 조이스틱
으로 열광하는 소년"이 되지 않으면 안 되었던 것이다.
　은행나무는 이 지구상에서 가장 오래된 나무이며,

그 어떤 벌레마저도 접근할 수 없는 신성한 나무라고 할 수가 있다. 은행나무는 가장 오래 살고, 거목이며, 하늘을 떠받치는 세계수世界樹라고 할 수가 있다. "희고 날카로운 손끝에서/ 황금빛 가을 폭죽으로 몸 바꾸어 흩어지는 음표들/ 갈가마귀 힘찬 날갯짓으로 날아오를 때// 가장 깊숙한 어금니 드러내고 웃던/ 억센 숫컷 은행나무"는 피아니스트로서의 백건우의 초상이라고 할 수가 있다. 그는 음악으로 모든 슬픔들을 진정시키고, 그는 음악으로 새로운 희망을 창출해낸다. 그는 음악으로 황금빛 가을의 풍요를 창출해냈고, 그는 음악으로 이 아름답고 풍요로운 행복의 연주자가 되었다.

억센 숫컷 은행나무는 "이제 막 울기를 멈춘 것과/ 방금 울기를 시작한 것" 사이에서도 혼자이고, 억센 숫컷 은행나무는 "그믐달과 초승달 사이/ 그 숨 막히는 간극 사이"에서도 혼자이다. 억센 숫컷 은행나무는 아름답고 장대하고, 억센 숫컷 은행나무는 죽음의 신의 맏형님이며, 영원불멸의 삶을 산다.

인간은 나약하지만 최고의 예술가는 강하고, 인생은 짧지만 예술은 영원하다.

정선아 시인의 「백건우」는 그의 장인 정신이 키워낸

이 세상에서 가장 아름답고 키가 큰 숫컷 은행나무라고 할 수가 있다.

조옥엽
독설

수십 년 낮과 밤이 쌓은 단단한 철벽 단숨에 뚫고
나타났다 산산한 가슴 찌르고 순식간에 사라지는 날
렵한 야수

놈이 어디에 사는지는 아무도 몰라

몸통도 얼굴도 색깔도 정년도 없는 유령, 날이 갈수
록 혈기왕성 기세 등등 단언 컨데 놈의 가슴에 불로초
이파리 무성한 게 틀림없어

예고 없이 들이닥쳐 순식간에 번쩍이는 면도날 가
슴팍에 들이대 한 점 한 점 포 떠 접시에 담아 놓고 유
유히 사라졌다 핏기 가실 만하면 다시 나타나 칼날 들
이대

덧난 상처 딛고 올라가는 가풀막 그 끝이 어딘지 나는 몰라

남몰래 소리 죽여 울던 시간이 만든 꼬부랑길 돌고 돌아가다 한숨 돌리려 들면 또다시 코앞 가로막는

거듭거듭 곱씹어 봐도 목구멍으로 넘어가지 않는 뼈 아픈 바늘들

삼키지 못한 말에는 불생불멸의 날개가 있어

시공 가리지 않고 종횡무진 날아다니다 오늘도 내 등뼈에 불시착해 도끼눈 부릅뜨고 작업 시작하려 식칼 빼 들어

— 조옥엽 시집, 『지하의 문사』에서

독설毒舌이란 무엇일까? 독설이란 타인을 사납게 물어뜯고 공격하는 말을 뜻하며, 이 독설은 사회적인 재앙이라고 할 수가 있다. 그는 음탕하고, 그는 잔인하다. 그는 도둑놈이고, 그는 사기꾼이다. 그는 게으르고, 그는 간신 모리배이다. 이처럼 독설은 다종다양하고, 이 독설에 의하여 수많은 사람들이 시달리다가 죽어간다. 독설은 천하무적의 비밀병기이며, 이 독설에 의하여 오늘도 수많은 사람들이 죽어간다. 독설은 그것을 듣는 사람을 죽이고, 독설은 그 독설의 대상을 죽이고, 그리고, 끝끝내는 그 독설의 생산자를 죽인다. 독설은 사랑을 죽이고, 독설은 신뢰를 죽인다. 독설은 자유를 죽이고, 독설은 평화를 죽인다. 독설은 '날렵한 야수'이고, 독설은 면도날을 가슴팍에 들이대는 강도이다. 독설은 도끼눈 부릅뜨고 식칼을 빼드는 자객이고, 독설은 "몸통도 얼굴도 색깔도 정년도 없는 유령"이다.

독설은 그 형체도 없고, 독설은 그 주거지도 없다. 독설은 날이면 날마다 신출귀몰하며, 수십 년 낮과 밤이 쌓은 단단한 철벽도 단숨에 뚫는다. 독설은 날이 갈수록 혈기왕성하며 기세등등하고, 그 잔인한 공격수법으로 기습작전을 펼친다. 산산한 가슴을 찌르고 순식간에 사라지기도 하고, 면도날을 가슴팍에 들이대 한 점 한 점 포를 뜨기도 한다. 핏기 가실 만하면 다시 나타나 칼날을 들이대기도 하고, 남몰래 소리죽여 울던 시간이 한숨 돌리려 들면 또다시 나타나 코앞을 가로막는다. 독설은 뼈아픈 바늘들처럼 목구멍으로 넘어가지도 않고, 시공을 초월하여 불생불멸의 날개를 달고 날아다닌다. 독설은 정체불명이고, 유령이며, 독설은 무소불위이고, 전지전능하다. 독설은 신출귀몰과 잔인성의 대가이며, 독설은 기습작전과 불법고문의 대가이다.

모든 범죄의 기원도 독설이고, 모든 싸움의 기원도 독설이다. 모든 불화의 기원도 독설이고, 모든 전쟁의 기원도 독설이다. 천하장사도 독설에 붙잡히면 시름시름 앓고, 대통령도 독설에 붙잡히면 시름시름 앓는다.

소년도 독설에 붙잡히면 밥맛을 잃고, 시인도 독설에 붙잡히면 살맛을 잃는다. 독설은 살맛과 밥맛과 그 모든 맛들을 다 빼앗고, 수면제와 술과 독약을 권한다. 수면제와 술과 독약을 사양하면, 면도날과 식칼로 수많은 불안과 공포를 제공하고, 그리하여, 끝끝내 또다른 독설로 타인들을 물어뜯고 공격하게 만든다. 우리는 모두가 다같이 독설의 생산자이자 그 피해자들이라고 하지 않을 수가 없다.

독설은 밤 하늘의 별보다, 바닷가의 모래알보다 더 많고, 독설은 빛보다 더 빠르다. 독설은 최첨단 컴퓨터보다도 더 정확하고, 독설은 수소폭탄보다도 그 파괴력이 더 크다.

조옥엽 시인의 「독설」은 독설에 대한 존재론적 성찰과 독설의 사회학을 가장 깊이 있고 정치하게 노래한 시라고 할 수가 있다. 조옥엽 시인은 키가 크고 다리가 길며, 독설의 골짜기와 앎의 골짜기를 자유자재롭게 날아다닌다. 시적 열정이 전부이고, 시적 열정이 모든 기교를 뛰어넘어, 제일급 시인의 날개를 달아준다.

김 늘
La Paz

'지금 어디야?'라고 당신이 묻는다면
한 번쯤 나는 이렇게 답할래
'La Paz'

먼 바다 먼 산맥 너머에 있어
달려가는 꿈만으로도 숨이 턱에 차는 곳
그래도 꾸역꾸역 눈맞춤 하고 싶은 곳
부신 태양빛에
중절모의 여인들이 아득하게 눈을 뜨고
하늘이 가까워 욕심 없이 웃게 되는 곳
옹기종기 모여 앉은 마녀시장 구멍가게 가판에
 물기 잃은 라마와 약초가 흔들흔들 경쾌한 박자를
맞추는 곳
 우유니, 티티까까, 우로스

마법의 주문 같은 이름들이 있어
하늘로 오르는 나무가 자라고
바다로 통하는 별이 뜰 것 같은 곳
곰방대 닮은 봄빌라로 마테차를 마시며
세월아 네월아 하냥 시간도 잊고 싶은 곳
많은 것이 귀하지만
모자랄 것도 없는 곳

바람이 까딱까딱 빨랫줄을 흔드는 날이면
푹신한 구름 베개에 기대
청포도알을 머금듯
그렇게 말해보고 싶은 이름
'La Paz'
— 『애지』, 2017년 여름호에서

여행은 떠남이고, 떠남은 새로운 나를 찾아가는 과정이라고 할 수가 있다. 산도 다르고, 강도 다르고, 언어도 다르다. 역사도 다르고, 전통도 다르고, 그 고장의 문물과 풍습도 다르다. 이 다름은 차이이고, 이 차이는 서로간의 개성과 자유를 존중하고 이해해주는 계기가 된다. 여행은 문화적 충격이며, 이 문화적 충격을 통해서 '나'는 새로운 '나'로 거듭거듭 태어나게 된다.

시계도 버리고, 스마트 폰도 버린다. 부모형제도 버리고, 친구도 버린다. 회사도 버리고, 가정도 버린다. 욕망도 버리고, 미식취향도 버린다.

시간이 멈춰서고 공간이 확대된다. 일상생활에 찌들어 버린 내가 죽고 새로운 내가 태어난다. 볼리비아의 수도이자 안데스 산맥의 도시인 'La Paz'. 김늘 시인은 오늘도 라페즈로 달려가는 꿈만으로도 행복하고, 또, 행복하다. 우유니, 티티까까, 우로스 같은 마법의 주문

같은 이름들과 "중절모의 여인들이 아득하게 눈을 뜨고/ 하늘이 가까워 욕심 없이 웃게 되는 곳/ 옹기종기 모여 앉은 마녀시장 구멍가게 가판에/ 물기 잃은 라마와 약초가 흔들흔들 경쾌한 박자를 맞추" 듯이, 그 박자 속에서 그들과 함께 살아간다. 하늘로 오르는 나무가 자라고, 바다로 통하는 별들이 뜬다. 곰방대 닮은 봄빌라로 마테차를 마시고, 세월아 네월아 시간도 잊고 지낸다. 모든 것이 귀하지만, 모자랄 것도 없고, "바람이 까딱까딱 빨랫줄을 흔드는 날이면/ 푹신한 구름 베개에 기대/ 청포도알을 머금듯" 살아간다.

최상의 보금자리는 나의 몸과 영혼에 알맞은 기후와 풍토와, 그리고 서로간의 사랑이 싹트는 인간들이 살고 있는 곳이라고 할 수가 있다.

라페즈, 라페즈, 나의 고향— 나의 천국,

라페즈, 라페즈, 순수하고 티없이 맑은 우리들의 고향—우리들의 천국—.

김늘 시인의 「La Paz」는 여행시의 진수이며, 그의 이상적인 천국이라고 할 수가 있다.

시인은, 사상가는 떠나고, 또, 떠나는 여행자이다. 나의 고향—나의 천국, 또는 우리들의 고향—우리들의 천국을 찾아서 떠나가는 이 '여행자의 숙명론'은 우리 인간들이 '되어감의 존재'에 지나지 않기 때문이다. '되어감의 존재'는 불완전한 존재와는 다른데, 왜냐하면 '되어감의 존재'는 수없이 새롭게 태어날 수 있는 존재이기 때문이다.

시는, 사상은 낙천주의를 양식화시킨 것이다. 모든 것이 가능한 여행자의 삶이 가장 행복한 삶이라고 할 수가 있다.

오오, 즐겁고 기쁘고, 아름답고 행복한 여행자의 삶이여!!

강우현
붉은 화산석

각질 제거 용품을 샀다
계란처럼 깎인 화산석
애초의 지상 것과는 모양이 다르다
누가 봐도 불의 자손
새로운 세상을 꿈꾸며
지각을 뚫고 나온 그의 특징은 구멍이다
아기 구멍, 엄마 구멍, 할머니 구멍까지
한집에 둥글둥글 산다
천적은 어쩔 수 없었다는 듯
물을 피해 급하게 내달리던 불의 발자국
바람이 알을 슬었다
환경이 바뀌어도 핏줄은 티가 나는 법
시간을 껴입어 단단한 체구는
아직도 물로 씻은 얼굴이 구멍투성이다
뒤꿈치를 밀다 말고

맨틀의 주소를 묻는다

천년 만년 버틴 어둠의 붉은 침묵

내 살을 만지는 손에 힘이 들어간다

— 『애지』, 2017년 겨울호에서

📖

이 세상의 근본물질은 물도 아니고, 공기도 아니고, 흙도 아니고, 오직 불이라고 할 수가 있다. 물도 불(에너지)이고, 공기도 불이고, 흙도 불이다. 물이 불을 이길 것 같지만, 그러나 물마저도 불(에너지)의 결정체이고, 물에 의해서 전기가 생산된다. 물질은 에너지이고, 에너지는 물질이다. 우리는 불을 숭배하는 배화교도拜火敎徒이며, 이 불빛의 명암에 따라 웃고 울면서 살아간다.

강우현 시인의 「붉은 화산석」은 각질 제거용품으로 산 도구에 지나지 않지만, 그러나 그 "계란처럼 깎인 화산석"에 대한 사유는 자연과학적인 사유와 철학적인 사유의 결정체라고 할 수가 있다. 우리는 "누가 봐도 불의 자손/ 새로운 세상을 꿈꾸며/ 지각을 뚫고 나온 그의 특징은 구멍"이라고 할 때, 또는 "아기 구멍, 엄마 구멍, 할머니 구멍까지/ 한집에 둥글둥글 산다"라고 할 때, 그의 사유는 제일급의 철학자의 사유에 해당된다. 우리는 불의 자손이며 새로운 세상을 꿈꾼다고 말할 수 있는 시인도 보통 시인이 아니고, '붉은 화산석'을 바라보며 '아기 구멍, 엄마 구멍, 할머니 구멍'을 생각해 내고, 우주적인 공동체로서 '한집에 둥글둥글 산다'라고 말할 수 있는 시인도 보통 시인이 아니다. 시인이자 철학자이고, 철학자이자 자연과학자이다. "물을 피해 급하게 내달리던 불의 발자국/ 바람이 알을 슬었다"는 것은 시뻘겋게 타오르던 용암에 바람 구멍이 생겼다는 것을 뜻하고, "시간을 껴입어 단단한 체구는/ 아직도 물로 씻은 얼굴이 구멍투성이다"라는 시구는 붉은 화산석의 역사성을 뜻하고, 바로 이러한 시구들을 자연과학적인 지식의 산물이라고 할 수가 있는 것이다.

강우현 시인의 「붉은 화산석」은 물, 불, 공기, 흙의 총체로서 우주이며, 그 우주에는 아기, 엄마, 할머니 등 모든 인간들이 다 살고 있다. 「붉은 화산석」은 삶의 우주이자 모든 생명체의 숨구멍이라고 할 수가 있다.

시인은 물, 불, 공기, 흙으로 '붉은 화산석', 아니, 우주를 창출해낸 천지창조주이다. 시인은 천년 만년, 종합예술가, 아니, 천지창조주로서 모든 사물들과 인간

들을 구원하고, 새로운 꿈을 꾸고 살 수 있도록 도와
준다.

탁경자
못

달빛이 물 표면을 밤새 훑는다
윤슬에 찔린 연못이
신음을 내며 앓는 달밤
가끔씩 달빛으로 찾아와
연못에 못질을 하고
족적도 없이 사라지는 찰나만
밤바람에게 들통난다
고통의 덩어리가 모이면
연못은 만들어 진다
제 상처를 조용히 닦으며
물의 안쪽으로 서서히 파고든다
망치가 와 닿을 때마다
물무늬의 유전자처럼
파문을 치며 울고 싶은 못
나무의 나이테를 닮은

못의 몸부림들
못의 울음이 밤새도록
물 표면에 떠 있다.

— 『애지』, 2017년 가을호에서

못과 연못은 발음상 유사성은 있지만, 상호 이질적
이며, 그 의미가 조금도 연결되지 않는다. 못은 두 개
의 사물을 붙이거나 무엇을 걸기 위한 건축학적 도구
이고, 연못은 땅을 파거나 둑을 쌓아서 물을 가두어 놓
은 곳을 말한다. 하지만, 그러나 탁경자 시인의 대단
히 아름답고 뛰어난 시인 「못」은 연못을 구성하는 물질
로 되어 있는 데, 왜냐하면 달빛에 비친 물결들이 마치
못의 모습들처럼 보이고 있기 때문이다. 따라서 못은
단순명사가 되고, 연못은 집합명사가 된다. 못은 고통
이 되고, 연못은 고통의 덩어리들이 된다. "가슴에 못
을 박다", "다시는 그러한 일을 하지 못하도록 못을 박
았다"라는 말이 있듯이, 못은 상처를 입히거나 그 어떤
구속을 의미하는 용어로 쓰일 때도 있다.

탁경자 시인의 「못」은 따라서 아주 다양하고 복합적
인 의미로도 읽힌다. 첫 번째는 상처를 입히는 못이고,

두 번째는 자유를 구속하는 못이다. 세 번째는 못이 못으로서 양심의 가책 때문에 괴로워하는 못이고, 마지막으로 네 번째는 못들의 집합소(고통의 집합소)로서의 연못이다. 연못에 못질을 하는 것은 달빛이고, 찰나이다. 아니, "가끔씩 달빛으로 찾아와/ 연못에 못질을 하고/ 족적도 없이 사라지는 찰나만/ 밤바람에게 들통난다"라는 시구를 보면, '찰나'가 달빛으로 찾아와 연못에 못질을 한다. 찰나는 달빛으로 망치질을 하고, 달빛에 반짝이는 잔물결인 윤슬은 못이 된다. 찰나는 매우 짧은 순간을 지시하는 불교용어이지만, 이 짧은 순간에 연못은 고통의 덩어리가 된다. 고통의 덩어리가 모이면 연못은 만들어지고, 연못은 "제 상처를 조용히 닦으며/ 물의 안쪽으로 서서히 파고든다."

못은 가해자이면서도 피해자이고, 못은 고통이자 양심의 가책이다. "망치가 와 닿을 때마다/ 물무늬의 유전자처럼/ 파문을 치며 울고 싶은 못"―. 못이 울고, 못이 그 울음으로 나이테를 그리며 자란다. 못이 모여 연못을 이루고, 모든 고통의 총체로서 연못이 밤새도록 운다.

너무나도 잔인하고 끔찍한 흉기로서의 못, 그러나

'찰나'로 지칭되는 타인의 힘에 의하여 흉기가 되고, 그 양심의 가책 때문에 밤새도록 울음을 우는 연못이 되는 못──.

못의 역사 철학적인 의미를 천착하고, 상호 이질적인 못과 연못을 너무나도 절묘하게 연결시킨 탁경자 시인의 「못」은 너무나도 신선하고, 너무나도 충격적인 아름다움으로 만인들의 심금을 울리고 있다고 하지 않을 수가 없다.

앎만이 위대하고, 앎만이 또, 위대하다. 앎이 상상력을 낳고, 상상력이 새로운 세계를 창출해낸다.

시인에게는 수천 만 촉광의 별보다도 더 밝은 최고급의 인식(앎)의 횃불이 있다.

시인으로 인하여 아침이 밝아오고, 모든 '연못'의 사물들이 기지개를 켠다.

반경환

반경환은 1954년 충북 청주에서 태어났으며, 1988년 《한국문학》 신인상
과 1989년 《중앙일보》 신춘문예로 등단했다. 반경환의 저서로는 『시와 시
인』, 『행복의 깊이』 1, 2, 3, 4권, 『비판, 비판, 그리고 또 비판』 1, 2권,
『반경환 명시감상』 1, 2, 3, 4권, 『이 세상에서 가장 아름다운 명문장들』
1, 2권, 『반경환 명구산책』 1, 2, 3권이 있고, 『반경환 명언집』 1, 2권,
『사상의 꽃들』 1, 2, 3, 4권 등이 있다.
이 『사상의 꽃들』은 '반경환 명시감상'으로 기획된 것이지만, 보다 새롭고
좀 더 쉽게 수많은 독자들에게 다가가기 위한 포켓북이라고 할 수가 있다.
사상은 시의 씨앗이고, 시는 사상의 꽃이다. 그는 시를 철학의 관점에서
이해하고, 철학을 예술(시)의 관점에서 이해한다. 그의 글쓰기의 목표는
시와 철학의 행복한 만남을 통해서, 문학비평을 예술의 차원으로 끌어올
리는 것이다. 따라서 반경환의 문학비평은 다만 문학비평이 아니라 철학
예술이라고 할 수가 있는 것이다.
시는 행복한 꿈의 한 양식이며, 낙천주의를 양식화시킨 것이다.

이메일 : bankhw@hanmail.net

사상의 꽃들 4
반경환 명시감상 8

초 판 1쇄 발행 2018년 1월 31일
지은이 반경환
펴낸이 반송림
펴낸곳 도서출판 지혜
편집디자인 김지호
주 소 34624 대전광역시 동구 선화로 203-1. 2층 (삼성동)
전 화 042-625-1140
팩 스 042-627-1140
전자우편 ejisarang@hanmail.net
애지카페 cafe.daum.net/ejiliterature

ISBN : 979-11-5728-265-4 04810
ISBN : 979-11-5728-263-0 04810 (세트)
값 10,000원